Über den Autor

*Attila Jo Ebersbach* wurde 1943 in einem Opernsängerhaushalt in Görlitz geboren. Sein Abitur legte er 1964 in Darmstadt ab – als einer von zehn Jungen unter tausend Mädchen an einer eben erst für Jungen geöffneten Mädchenschule. Eine Erfahrung, die ihn fürs Leben gerüstet hat. Nach seinem Studium der Architektur und Malerei arbeitete er als Berufsmusiker, Architekt, Grafikdesigner und Geschäftsführer einer Werbeagentur. Seit 2004 schreibt er hauptberuflich und ist als freiberuflicher Korrektor und Layouter für mehrere Verlage tätig. Seine freien Tage verbringt er gerne auf seinem Segelboot auf dem Edersee. Er lebt mit seiner Frau in Kassel.

Attila Jo Ebersbach

**Der Fremde im Zug**

Biblische Gleichnisse ins Heute übertragen

Attila Jo Ebersbach

# Der Fremde im Zug

## Biblische Gleichnisse ins Heute übertragen

Gerth Medien

Ich widme dieses Buch
meiner lieben Frau Lydia Anna,
die getreu ihrem Hochzeitsversprechen
in guten wie in schlechten Zeiten
stets eisern zu mir gehalten hat.
*Ja çie kocham, kotek.*

# Inhalt

# Vorwort

Was wäre, wenn Jesus heute, im 21. Jahrhundert, leben würde? Mitten unter uns. Und er würde nicht in Galiläa umherwandern, sondern hier in Deutschland von Ort zu Ort, von Stadt zu Stadt ziehen und für ein Verständnis werben, das er damals schon das „Reich Gottes" nannte? Wie würde er heute wohl für die Idee einer neuen Welt Gottes werben und gegen die Gleichgültigkeit, den Hass und die Gier der Menschen predigen? Glauben Sie nicht auch, dass er dann andere Worte als vor rund zweitausend Jahren benutzen und andere Vergleiche heranziehen würde, um den Menschen seine Botschaft zu bringen?

Diese Frage hat mich schon lange bewegt und ich habe mir immer wieder vorgenommen, ihr einmal nachzugehen. Denn wir brauchen uns doch nur in unserem Alltag umzusehen, um zu erkennen, dass die Themen, die Jesus in seinen Gleichnissen anspricht, nicht das Geringste an Aktualität verloren haben. Auch heute gibt es engagiert wohltätige Menschen, die ihr Licht nur allzu oft unter den Scheffel stellen, barmherzige Passanten, die eingreifen, obwohl andere bereits an der Not vorbeigegangen sind, oder Unternehmer, die Gnade vor menschlich gedachtes Recht stellen … die Liste der Beispiele ist lang.

Zwanzig finden Sie in diesem Buch.

Ich würde mich freuen, wenn die folgenden Geschichten, die ich zum Teil selbst erlebt, andere mir ausgedacht habe, Sie darüber zum Nachdenken bringen könnten und Sie erkennen ließen, wie lebendig die Botschaft der Gleichnisse Jesu auch in der heutigen Zeit in unser Leben hineinwirkt.

Herzlichst,
Attila Jo Ebersbach

# Der weggeworfene Ehering

Es war ein herrlicher Sommer. Seit einer ganzen Woche schon schien die Sonne vom blauen Himmel herab und kein Wölkchen trübte die fast kitschig zu nennende Postkartenidylle. Eine leichte Brise machte die Hitze erträglich und ließ das spiegelglatte Wasser des Ederstausees sich hin und wieder etwas kräuseln.

Wir, meine Frau und ich, hatten beschlossen, unseren diesjährigen Urlaub an eben diesem See zu verbringen, da wir uns im Herbst zuvor eine Varianta zugelegt hatten, ein 6,50 Meter langes Kajütsegelboot mit ausreichend Platz und genügend Ausrüstung, um darin auch einen längeren Urlaub verbringen zu können. Nun wollten wir die Probe aufs Exempel machen.

Ich konnte schon seit ein paar Jahren segeln und kannte auch die Vorfahrtsregeln, dennoch nutzte ich die Gelegenheit, um bei einer Segelschule den A-Schein zu machen.

Der praktische Teil machte mir daher kein Kopfzerbrechen. Aber die Theorie! Dazu mussten wir Segelschüler ein umfangreiches Buch mit allen möglichen Regeln, Bestimmungen und Gesetzen durcharbeiten, fast noch mehr als beim Führerschein fürs Auto.

Es waren nur noch drei Tage bis zur theoretischen Prüfung und ich hatte mir vorgenommen, mich ausgiebig in das Buch zu vertiefen.

Wir lagen an unserem Steg im Waldecker Becken, vor uns die Hopfenberginseln und über uns die imposante Burg Waldeck. Die Sonne stand bereits ziemlich hoch, und über dem See hing eine bleierne Stille. Es war Montag, und die Ferien waren schon vorbei, daher war an diesem Tag am See nicht viel los. Nur aus der Ferne, vom Wildpark auf dem Hammerberg, drang ab und zu das Röhren eines Hirsches zu uns herüber.

Wir hatten gerade unser Frühstück beendet und ich reichte meiner Frau das Geschirr aus der Plicht in die Kajüte. Während sie mit dem Abwasch begann, griff ich seufzend nach dem Lehrbuch und begann lustlos, darin zu lesen.

Als sie mit dem Aufräumen in der Kajüte fertig war, kam sie wieder raus zu mir.

„Wie? Du bist ja immer noch am Lernen“, wunderte sie sich und setzte sich mir gegenüber. Die Ellbogen auf dem Tisch aufgestützt, das Kinn auf den Fäusten, schaute sie mich mit säuerlicher Miene von unten herauf an.

Schlecht gelaunt, weil ich lernen ja so sehr liebe, brummte ich, ohne aufzusehen, nur: „Hm.“

„So hab ich mir unseren Urlaub aber nicht vorgestellt“, meinte sie darauf. „Ich dachte, wir unternehmen was zusammen. Fahren raus zum Baden, in die Bärenbucht zum Beispiel. Oder nach Asel. Dort könnten wir anlegen und auf dem Campingplatz zu Abend essen. Und dann über Nacht in einer verschwiegenen Bucht ankern“, fügte sie schelmisch grinsend hinzu.

Ich war schon ziemlich genervt: „Schatz, du weißt doch, dass in drei Tagen meine Prüfung ist und ich noch ’ne Menge lernen muss!“

Ihr Grinsen wurde zur verkniffenen Miene. „Die ganze letzte Woche hattest du Zeit", legte sie los. „Aber ausgerechnet jetzt, wo ich mal was unternehmen will, musst du lernen!"

Ich rollte die Augen. „Scha-haatz …!"

„Es ist immer dasselbe: Nie hast du Zeit für mich!" Ihre Stimme klang schon eine Oktave höher.

Und dann ergab ein Wort das andere.

Gegenseitig schaukelten wir uns hoch.

Irgendwann hatten wir uns richtig in der Wolle! Aber so was von.

Schließlich explodierte sie. Sprang auf, riss sich den Ehering vom Finger und schleuderte ihn, Zornesröte im Gesicht, ohne hinzuschauen, in hohem Bogen hinter sich.

„So, mir reicht's jetzt!", zischte sie. „Ich lass mich scheiden!" Wütend hastete sie in die Kajüte, kam umgehend mit ihrer Handtasche wieder zurück, kletterte über die Reling, rannte zu unserem Auto … und war weg.

*

Dass meine Frau irgendwann wiederkommen würde, wusste ich mit ziemlicher Sicherheit. Schließlich kannte ich ihr impulsives Temperament.

Dennoch blieb ich wie erschlagen zurück. Auch weil ich den Ring verloren gab. *Um den balgen sich jetzt bestimmt ein paar Hechte*, dachte ich geknickt.

Die nächsten zwei Stunden verbrachte ich lernend allein. Zwischendurch malte ich mir schon aus, dass die Nacht auf dem Boot sehr einsam werden würde. Doch auf einmal hörte ich Schritte auf dem Steg. Als ich aufsah, kam mir meine Frau mit hängenden Schultern entgegen.

„Bist du mir noch böse?“, fragte sie zaghaft.

Ich schüttelte lächelnd den Kopf und half ihr über die Reling. Ich hatte es noch nie fertiggebracht, ihr lange böse zu sein, dafür liebte ich sie zu sehr.

„War blöd von mir“, meinte sie kleinlaut und schaute zerknirscht. „Echt saublöd! Der schöne Ring“, jammerte sie. „Was sollen wir denn jetzt bloß machen?“

„Hm …“ Ich nahm sie erst einmal in den Arm und strich ihr tröstend übers Haar.

Sie sah zu mir auf. „Könntest du nicht eventuell … vielleicht … danach tauchen? Bitte!“

„Du, das sind bestimmt vier oder fünf Meter“, entgegnete ich. „Außerdem ist da unten jede Menge Schlamm. Da findet man nix mehr. Nee“, fuhr ich fort und zuckte mit den Schultern. „Das hättest du dir vorher überlegen sollen. Jetzt …“ Hilflos hob ich die Hände.

Sie war dem Weinen nahe. „Bitte!“, flehte sie und krallte sich in mein T-Shirt. „Bitte, bitte … tu’s mir zuliebe.“

„Hm …“ Ich kratzte mir das Kinn. „Mal sehen, wie tief der See hier überhaupt ist“, sagte ich und sprang den Niedergang hinab in die Kajüte und stellte das Echolot an. (Für alle Landratten: Mit dem kann man mittels eines Echosignals messen, wie viele Meter es zwischen Schiffsunterkante und Seegrund sind.)

„Vier Meter zweiundzwanzig“, rief ich ihr zu und stieg wieder nach draußen. „Du weißt, dass das zu tief für mich ist“, fügte ich hinzu. Ein Arzt hatte bei mir als Kind festgestellt, dass ich im Trommelfell meines rechten Ohrs ein Loch habe. Da dadurch mein Gleichgewichtssinn gestört ist, hatte er mir dringend empfohlen, wenn überhaupt, nur in einem

Schwimmbad zu tauchen, da die Becken dort nicht tiefer als drei Meter sind und ich mich noch rechtzeitig vom Boden abstoßen könnte, wenn ich beim Tauchen einmal in die falsche Richtung schwimmen sollte.

„Du … du könntest dir doch vielleicht 'ne Sicherungsleine umbinden und am Steg festmachen“, schlug sie zaghaft vor. „Ich würde auch auf dich aufpassen.“

„Hm …“ Ich überlegte. *Ja*, dachte ich. *Wenn ich mir 'ne Leine um den Bauch binde und die am Steg festmache … das müsste gehen.*

„Also gut“, beschloss ich. „Ich versuch's.“

„Oh, danke!“, rief sie mit Tränen in den Augen und fiel mir um den Hals.

Schnell hatte ich eine lange Festmacherleine aus der Backskiste gekramt und Shorts und T-Shirt gegen eine Badehose getauscht. Ich stieg vom Boot und machte die Leine mit einem Palstek an der Stegkonstruktion fest. Dann schlang ich mir das andere Ende um den Leib und sicherte mit einem Kreuzknoten.

„Pass auf!“, schärfte ich meiner Frau ein, „setz dich auf den Steg und lass die Leine durch die Hände gleiten. Wenn du spürst, dass ich daran ziehe, ziehst du mich sofort hoch, klar?“

Sie nickte. „Ich pass auf.“

Ich holte tief Luft, dann sprang ich ins Wasser. Mit kräftigen Stößen, um keine Zeit zu verlieren, schwamm ich nach unten. Bald spürte ich Grund. Steine. Schlamm. Die Sicht war gleich null. Wie blind tastete ich mich über den Boden. Mir war klar, dass ich den Ring nur durch Zufall finden würde. Aber ich *wollte* ihn finden. Unbedingt. Und für meine Frau ein Held sein. Als Wiedergutmachung sozusagen. Denn sie hatte ja recht. Wir waren hier, um Urlaub zu machen, und ich legte eine miese Laune an den Tag, weil ich mit dem Lernen nicht vorankam. Daher wollte ich jetzt zumindest, bildlich gesprochen, die Scherben zusammenkehren, die ich hinterlassen hatte.

Erst als mir die Lunge zu platzen drohte, zog ich an der Leine. Sofort verspürte ich einen Ruck, dann wurde ich hochgezogen. Prustend schoss ich mit dem Kopf aus dem Wasser. Erschöpft krallte ich meine Finger ins Gitter des Stegs und hielt mich daran fest, während ich mit offenem Mund tief Luft holte.

„Wie … wie lange …", brachte ich schwer atmend hervor, „… war ich unten?"

„Etwas über zwei Minuten", antwortete meine Frau.

Mir war's doppelt so lang vorgekommen.

Nachdem ich mich auf den Steg gezogen und eine Weile ausgeruht hatte, startete ich einen erneuten Versuch. Doch auch diesmal tastete ich mich wie blind durch Schlamm und Geröll, ohne den Ring zu finden. Auch ein drittes, viertes und fünftes Mal tauchte ich ins Dunkel hinab. Dabei fand ich alles Mögliche wie drei Schraubendreher, einen Hammer, zwei Kombizangen, ein paar Kämme, sogar einen Anker, aber leider keinen Ring.

Zwischendurch kam mir immer mal wieder der Gedanke, dass ich die Zeit ja eigentlich nutzen müsste, um mich auf meine theoretische Prüfung vorzubereiten. Aber dann schob ich ihn ganz schnell wieder beiseite, denn was konnte es Wichtigeres geben, als den Ring zu finden und meine Frau damit von ihrem schlechten Gewissen zu befreien? Außerdem schien es mir ein schlechtes Omen zu sein, wenn er verschwunden blieb. Nein, den Ring wiederzufinden hatte jetzt oberste Priorität. Alleroberste!

Als wir beim Abendessen saßen und die Sonne über der Kahlen Haardt unterging, war mir klar, dass ich auch am nächsten Tag weitersuchen würde. Aber nur im Trüben zu fischen brachte nichts. Ich musste mir eine starke Unterwasserlampe besorgen, wie meine Taucherfreunde sie einsetzten. Ich nahm mir vor, gleich am nächsten Morgen nach Kassel zu fahren und einen dieser Freunde darum zu bitten, mir seine Lampe auszuleihen.

Ich hatte Glück, traf den Freund an und kehrte am späten Vormittag mit einer starken Lampe zu meinem Boot zurück, wo mich meine Frau schon sehnsüchtig mit dem Frühstück erwartete.

Jetzt waren es nur noch zwei Tage bis zur Prüfung. Aber ich war sicher, den Ring heute zu finden – der morgige Tag musste eben zum Lernen reichen. Irgendwie würde ich es schon schaffen.

Wir stellten noch einmal nach, von welchem Platz aus und wie meine Frau den Ring hinter sich geworfen hatte. Genau da tauchte ich hinab. Außerdem hatte sie mir während meiner Abwesenheit ein paar circa einen halben Meter lange Stöcke zusammengesucht, die ich nun mit nach unten nahm, um Markierungen abzustecken, damit ich erkennen konnte, wo ich schon gesucht hatte.

Ich will's kurz machen: Auch an diesem Tag und trotz der Lampe fand ich den Ring nicht, dafür wieder jede Menge anderer Dinge, die ich zum Teil zwar durchaus gebrauchen konnte, die aber nicht geeignet waren, den Kummer meiner Frau auch nur zu mildern.

„Dann muss ich eben morgen noch mal runter", sagte ich beim Abendessen fast trotzig. „Irgendwo muss der Ring doch sein!" Und mir war klar, dass ich dann auch an diesem Tag nicht zum Lernen kommen würde. Aber das war mir inzwischen egal. Je öfter ich ohne Ring auftauchte, desto trauriger wurde meine Frau, was mir jedes Mal einen Stich ins Herz verpasste. Ich wusste inzwischen nicht mehr, womit ich sie noch trösten sollte.

Doch auch am nächsten Tag, und obwohl ich sogar noch einmal dort, wo ich bereits gesucht hatte, ein weiteres Mal alles abgraste, fand ich den Ring nicht.

Nun hatte ich drei Tage umsonst vertan und alles andere hintangestellt, mich nur darauf konzentriert, wie ich den Ring wiederfinden könnte. Und zu allem Unglück stand nun am nächsten Morgen um neun auch noch die Prüfung an. Die Katastrophe schien wie ein Damoklesschwert über meinem Kopf zu schweben.

Während meine Frau in der Kajüte stand und an der Pantry das Abendessen zubereitete, ging ich noch einmal auf dem Steg auf und ab, um mir etwas die Beine zu vertreten.

Dabei kam ich auch am Liegeplatz von Brian vorbei, einem englischen Soldaten, der irgendwo bei Bremen stationiert war, hier ein Boot liegen hatte und vor etwa einer Stunde angekommen war, um auf diesem mit seiner Familie ein paar Tage zu verbringen.

Wir hatten uns bei früheren Gelegenheiten schon ein paarmal unterhalten und irgendwie hatte ich den Eindruck, als erwarte er mich bereits.

„Hi, Til", begrüßte er mich. „Sag mal, richtig heißt du doch Attila, nicht wahr?", wollte er wissen.

Ich bejahte.

Da streckte er mir eine Hand entgegen und fragte: „Dann gehört der dir?“ Zwischen Daumen und Zeigefinger hielt er einen goldenen Ring.

Ungläubig stutzte ich. Ich nahm den Ring und schaute auf die Gravur im Inneren. Dort war tatsächlich mein Name eingraviert. Meine Augen wurden groß. „Wo hast du den denn her?!“, fragte ich perplex.

Brian lachte und erzählte mir, dass, während er und seine Frau das Boot einrichteten, seine fünfjährige Tochter beim Spielen auf dem Steg plötzlich unter sich auf einem Ponton den Ring entdeckt habe. Mit ihrem dünnen Ärmchen war es ihr dann gelungen, durch das Gitter zu greifen und den Ring an sich zu nehmen. Anschließend hatte sie ihn zu ihm gebracht. Und als er meinen Namen las, war für ihn klar, wem er gehörte.

Ich staune noch heute über den Zufall: Wir waren von etlichen Quadrat*kilometern* Wasser umgeben, doch der Ring fiel ausgerechnet auf diesen einen halben Quadrat*meter* großen Ponton aus glattem Kunststoff … und blieb sogar dort liegen, anstatt ins Wasser zu rutschen!

*

Mit reichlich Magenschmerzen saß ich am nächsten Morgen im Prüfungsraum der Segelschule und kaute nervös auf meinen Fingernägeln herum. Da ging plötzlich die Tür auf und unser Segellehrer betrat den Raum. An seiner Miene erkannte ich sofort, dass etwas schiefgelaufen sein musste. „Schlechte Neuigkeiten, Leute“, setzte er an, nachdem Ruhe eingekehrt war. „Der Ingenieur, der hier die Prüfung abnehmen sollte, ist heute Morgen plötzlich krank geworden. Und ein anderer war auf die Schnelle nicht greifbar. Ich muss euch also leider wieder nach Hause schicken. Den neuen Termin erfahrt ihr dann. Sorry, wenn euch das jetzt ungelegen kommt. Aber ich darf die Prüfung nicht abnehmen.“ Ohne ein weiteres Wort machte er kehrt und stiefelte aus dem Raum.

Nein, mir kam das gar nicht ungelegen. Im Gegenteil, mir kam das *sehr* gelegen. Mit neuem Elan rannte ich die zweihundert Meter bis zu unserem Steg.

„Könnten wir nicht neue ...?“, deutete meine Frau beim Abendessen zaghaft eine Lösung für den Ehering an. Dass der Ring gefunden worden war, hatte ich ihr bisher noch nicht verraten. Sie sollte ruhig noch ein wenig schmoren.

Ich schüttelte den Kopf. „Du weißt, dass wir im Moment keinen Pfennig übrig haben“, wiegelte ich ab.

Meine Frau war am Boden zerstört.

Es brach mir schier das Herz, sie so zu sehen.

Aber ich wollte hart bleiben, schließlich waren es nur noch wenige Tage bis zu unserem Hochzeitstag.

Den Abend desselben verbrachten wir im Restaurant des Schlosses Waldeck. Nach dem Essen saßen wir uns bei Kerzenschein und einem Glas Rotwein gegenüber und ließen die Höhen und Tiefen des verflossenen Jahrs Revue passieren.

Auch der weggeworfene Ring kam zur Sprache.

Erneut bedauerte meine temperamentvolle Frau ihre spontane Aktion zutiefst.

„Ach, übrigens“, sagte ich so ganz nebenbei, griff in meine Jackentasche und förderte ein kleines Schächtelchen zutage, das ich mir am Tag zuvor, als ich in der Stadt Waldeck Vorräte einkaufte, heimlich bei einem Juwelier besorgt hatte. Verschmitzt lächelnd überreichte ich es ihr. „Ich hab da noch ein kleines Geschenk für dich."

„Ein Geschenk?", wunderte sie sich. „Für mich?"

Erwartungsvoll klappte sie den Deckel auf.

Und riss ungläubig die Augen auf.

„Ist das … ist das mein Ring? Wie …? Wo hast du den denn her?", stotterte sie und schaute mich mit weit aufgerissenen Augen an.

In wenigen Sätzen schilderte ich ihr das Unglaubliche.

Und dann sah ich meine Frau zum ersten Mal in sieben Jahren Ehe sprachlos.

Doch das währte nur kurz. Dann streckte sie den Arm aus und deutete auf mich. „Weißt du, wie mir im Nachhinein die letzten drei Tage vorkommen?"

Ich stutzte. „Äh, wie?"

„Wie dieses Gleichnis aus Lukas 15, in dem diese Frau ihre Drachme verloren hat. Du kennst die Story doch, oder?"

Ich überlegte und nickte.

„Die stellt ja bekanntlich ihr ganzes Haus auf den Kopf und sucht so lange, bis sie diese eine Drachme gefunden hat. Du hast zwar nicht" – sie lachte im Vorgriff auf ihren Scherz – „den ganzen Edersee auf den Kopf gestellt, aber unter unserem Boot bestimmt jeden Stein umgedreht und den ganzen Schlamm durchgepflügt. Und sogar deine Prüfung vernachlässigt – und das alles für mich!" Eine Träne rollte dabei über ihre Wange.

Und ich fühlte mich heldenhaft wie ein Ritter.

# Vertrauen ist gut …

Der Kampf um das Amt des Ministerpräsidenten war entschieden: Der Kandidat aus dem Norden des Bundeslandes konnte sich gegen seine Herausforderin aus dem Süden durchsetzen. Er war Mitte vierzig, mittelgroß und schlank und einer jener smarten Typen, die mit ihrem charmanten Lächeln die Herzen der Damenwelt reihenweise im Sturm erobern konnten. Als milliardenschwerer Unternehmer besaß er eine Reihe an Firmen, die über die ganze Bundesrepublik verteilt und für verschiedenste Geschäftsfelder tätig waren.

Bis zuletzt hatte er selbst nicht so richtig an den Erfolg seiner Partei geglaubt und damit an seinen eigenen und daher keinerlei Vorkehrungen für den Fall der Fälle getroffen. Da das Gesetz jedoch zwingend vorschrieb, dass ein Ministerpräsident keinen weiteren Beruf ausüben durfte – auch nicht den des CEO eines eigenen Unternehmens –, musste er seine Firmen entweder verkaufen – was er so auf die Schnelle niemals würde bewerkstelligen können – oder aber ihre Leitung ganz schnell in geeignete Hände legen. Das Dumme war nur: Er war weder verheiratet noch hatte er erwachsene Kinder, geschweige denn Verwandte, denen er die Aufgabe zutraute. Folglich musste er auf externe Leute zurückgreifen.

Viel Zeit blieb ihm dafür nicht, denn schon in sechs Wochen sollte er in sein neues Amt eingeführt werden.

Nach einigen schlaflosen Nächten, in denen er stundenlang gegrübelt und sich hin und her gewälzt hatte, und das Für und Wider einer ganzen Reihe von Kandidaten durchgegangen war, standen noch drei Namen auf seiner Liste; Leute, die bisher schon in gehobenen Positionen für ihn gearbeitet und sich bewährt hatten. Allerdings hatte keiner der drei Erfahrungen im Bereich der Unternehmensführung. Er hatte bisher immer Wert darauf gelegt, sämtliche Fäden selbst in der Hand zu halten.

Eine Woche vor seiner Amtseinführung ließ er die drei nacheinander zu sich kommen. Nachdem er jedem von ihnen klargemacht hatte, welches Vertrauen er in ihn setzte und dass er nach seiner Amtsperiode ins Geschäftsleben zurückkehren und Rechenschaft über ihre Arbeit verlangen würde, setzte er den, den er für den Fähigsten hielt, als CEO über sechzig Prozent seiner Firmen ein. Anschließend den Zweitfähigen über dreißig Prozent und die letzten zehn Prozent, sprich zwei Firmen, vertraute er dem Dritten an. Dann entließ er sie mit guten Wünschen und bereitete sich mit intensivem Aktenstudium auf seine neue Aufgabe vor.

Noch am gleichen Tag, an dem der Erste die Leitung des Großteils der Firmen seines Chefs übernommen hatte, krempelte dieser sprichwörtlich die Ärmel hoch und begann, nacheinander die einzelnen Firmen abzuklappern, die von Hamburg bis Lindau und von Köln bis Magdeburg über das ganze Land verteilt waren. Er sprach mit den Geschäftsführern und den leitenden Angestellten, machte sich ein Bild vom Zustand des jeweiligen Geschäftsfeldes, ob nun Produktion oder Dienstleistung, und ließ sich die Bilanzen zeigen.

Danach besprach er mit ihnen, wie sich die Geschäfte ihrer Ansicht nach optimieren ließen. Wo gab es Expansionsmöglichkeiten? Wie konnten Produkte verbessert, wie Abläufe gestrafft werden? Wo ließen sich neue Märkte erschließen? Wo sich neue Synergien schaffen?

Nachdem er dies mit allen Firmen gemacht hatte – was immerhin drei Monate in Anspruch nahm –, setzte er sich hin und trug alles zusammen, was er über die jeweiligen Firmen erfahren hatte. Danach stellte er Überlegungen an, wie sich die gewonnenen Erkenntnisse umsetzen ließen und der Ertrag der Firmen gesteigert werden konnte. Nach und nach entwickelte er Ideen, probierte Neues aus, verwarf manches wieder und probierte anderes aus. Und siehe da: Nachdem sich die vierjährige Amtsperiode seines Chefs ihrem Ende zuneigte und es beschlossene Sache war, dass dieser keine zweite anstrebte, sondern ins Geschäftsleben zurückkommen würde, hatte er die Erträge der ihm anvertrauten Firmen verdoppelt.

Auch der Zweite, der dreißig Prozent des Firmenimperiums verwaltete, war in seinem Bemühen ähnlich erfolgreich wie sein Kollege und verdoppelte am Ende den Ertrag der Firmen, an deren Spitze sein Chef ihn gestellt hatte.

Der Dritte dagegen hielt sich für ganz schlau: *Ich weiß ja, wie hart und streng mein Boss sein kann*, dachte er bei sich, nachdem er die Aufsicht über zwei Firmen erhalten hatte. *Da darf ich mir keinen Fehler erlauben. Wenn ich auch nur den kleinsten Mist baue, schmeißt er mich hochkantig raus. Da will ich lieber klug wie die Schlangen und einfältig wie die Tauben sein. Wie ich die anderen beiden kenne, werden sie fleißig wuseln und Experimente wagen. So, wie die wirtschaftliche Lage seit Jahren immer unberechenbarer geworden ist, kann es ganz schnell passieren, dass sie am Ende auf die Schnauze fallen. Da bleib ich lieber auf der sicheren Seite. Ich werde die Firmen schnellstmöglich verkaufen und das Geld in meinem Tresor deponieren. Der ist sicher – wer kann heute noch den Banken trauen? –, und dann werde ich mir von dem Gehalt, das der Alte mir zahlt, einen schönen Lenz machen. Urlaub auf den Kanaren. Oder lieber gleich in der Karibik? Seychellen wäre auch nicht schlecht. Mal sehen, irgendwas wird sich schon finden. Und wenn mein Chef von seinem Ausflug in die hohe Politik wieder zurückkommt, hab ich nichts falsch gemacht, inzwischen gut gelebt und kann ihm die ganze Summe präsentieren, von der kein einziger Cent verloren ging. Er wird stolz auf mich sein!*

Nachdem nun der Ministerpräsident wieder Privatmann war, machte er erst einmal einen ausgiebigen Urlaub, zu dem er während seiner Amtsgeschäfte aus Zeitmangel nicht gekommen war. Seine Unternehmen wusste er ja in kompetenten Händen. Er musste es also nicht übereilen, die Fäden selbst wieder in die Hand zu nehmen.

Doch eines Tages rief er dann die drei zu sich und verlangte Rechenschaft über ihre Unternehmensführung. Der Erste berichtete stolz davon, dass er es geschafft habe, in dieser doch relativ kurzen Zeit die Erträge der ihm anvertrauten Firmen zu verdoppeln. Außerdem habe er Hunderte neuer Mitarbeiter einstellen und so zur Reduzierung der Arbeitslosigkeit im Land beitragen können, was ihm sogar ein Lob vonseiten der Bundesregierung eingetragen habe.

„Gut gemacht!“, lobte ihn sein Boss. „Nichts anderes habe ich von Ihnen erwartet. Und damit Sie sehen, wie stolz ich auf Sie bin, werden Sie die Leitung über diese Firmen behalten, und ich werde Sie zu fünfzig Prozent am Gewinn beteiligen.“

Auch der Zweite brachte voller Freude vor, was ihm in der Zeit gelungen war. Und auch er wurde vom Eigentümer der Unternehmen als Leiter der Firmen mit Gewinnbeteiligung eingesetzt.

Schließlich kam der Dritte an die Reihe. Er hatte ja gerade mitbekommen, dass seine Kollegen gute Gewinne präsentiert hatten und so hoffte er darauf, bei seinem Boss wenigstens mit kluger Voraussicht punkten zu können. Darum legte er sich ins Zeug: Mit einer großen Geste öffnete er einen mitgebrachten schwarzen Aktenkoffer und präsentierte seinem Chef eine Geldsumme. „Ich weiß ja, wie hart und streng Sie sein können, Boss, und da dachte ich: So, wie die wirtschaftliche Lage seit Jahren immer unberechenbarer geworden ist, kann es ganz schnell passieren, dass ich am Ende alles verliere. Da wollte ich lieber auf der sicheren Seite bleiben. Deshalb verkaufte ich die Firmen schnellstmöglich und deponierte das Geld in meinem Tresor, damit kein einziger Cent verloren ging. Also, bitte: Hier ist Ihr Geld.“

„Das darf ja wohl nicht wahr sein!“, fuhr ihn darauf sein Boss an. „Warum haben Sie nicht gearbeitet wie Ihre Kollegen? Wenn Sie die Firmen schon verkaufen mussten, hätten Sie das Geld wenigstens auf der Bank oder in einem Fonds anlegen können, dann hätte es zumindest Zinsen gebracht. So aber hab ich ja noch verloren, wenn man die Inflationsrate berücksichtigt. Sie sind gefeuert! Auf der Stelle!“

„Aber …“

„Nichts aber!", donnerte sein Boss. „Sie sind vollkommen unfähig und unfähige Leute haben bei mir nichts verloren. Das war schon vor zweitausend Jahren so. Lesen Sie nach bei Matthäus 25,14–30, was schon damals mit solchen Losern passiert ist: ‚*Und den unnützen Knecht werft in die Finsternis hinaus; da wird sein Heulen und Zähneklappern.*' Und genau das gedenke ich mit Ihnen zu tun. Also: Raus mit Ihnen! Und die beiden Firmen werde ich zurückkaufen. Die bekommen die anderen beiden. Die scheinen noch Kapazitäten frei zu haben und freuen sich bestimmt über eine weitere Beteiligung."

# Der Fremde im Zug

Pünktlich um 23:12 Uhr verließ der Intercity nach Hamburg den Baseler Hauptbahnhof, überquerte den Rhein und fuhr auf die deutsche Grenze zu. Ich hatte einen anstrengenden Tag hinter mir, war hundemüde, und wollte eigentlich nur noch schlafen. Doch bei dem Rattern des Zuges war an erholsamen Schlaf nicht zu denken. Notgedrungen döste ich mehr schlecht als recht vor mich hin.

Ich war allein im Abteil. Ich kehrte gerade von einer Lesereise in der deutschsprachigen Schweiz zurück, auf der ich meinen neuen Krimi vorgestellt hatte. Meine letzte Veranstaltung war in einer großen Buchhandlung in Basel gewesen und das Publikum hatte mich mit vielen Fragen gelöchert. Jetzt freute ich mich auf mein Bett in Hamburg und ein baldiges Wiedersehen mit meiner Katze Penelopé. Meine Nachbarin hatte sie während meiner Abwesenheit versorgt. Doch bis dahin sollte es noch gut neun Stunden dauern. Erst am nächsten Morgen um 8:36 Uhr würden wir Hamburg-Altona erreichen.

Kurz nachdem wir bei Weil am Rhein die Grenze passiert hatten, begann mein Magen unüberhörbar zu knurren und verlangte nach einer Mahlzeit. Stöhnend raffte ich mich auf und schlurfte in den Speisewagen. Er war schon gut besucht. Ich hatte trotzdem Glück und ergatterte den letzten freien Tisch.

Als der Kellner kam, bestellte ich eine Roulade mit Pellkartoffeln und Rotkraut, dazu einen trockenen Rotwein. Wenn schon, denn schon, dachte ich. Das hatte ich mir nach diesem anstrengenden Tag redlich verdient. Und da ein bisschen Alkohol ja bekanntlich müde macht, hoffte ich danach auf einen erholsamen Schlaf in meinem Abteil.

Bald darauf hielt der Zug in Freiburg.

Nachdem er wieder losgefahren war, betrat ein groß gewachsener, schlanker Farbiger den Speisewagen. Anscheinend war er gerade zugestiegen, denn er zog einen kleinen Rollkoffer hinter sich her. Er sah sich suchend um. Als er sah, dass der einzige freie Platz an meinem Tisch war, kam er mit fragend erhobenen Augenbrauen und einem Lächeln auf mich zu und bat, mir gegenüber Platz nehmen zu dürfen.

Ich war nicht sonderlich auf eine Konversation erpicht, nickte daher nur wortlos und widmete mich ohne einen weiteren Blick wieder meinem Essen.

Nach einer Weile kam der Kellner an unseren Tisch und fragte nach seinen Wünschen.

„Entschuldigen Sie." Er beugte sich etwas vor zu mir. „Können Sie Ihr Essen empfehlen?", wollte er wissen und deutete auf meinen Teller.

Schon leicht genervt nickte ich wieder nur wortlos.

Nachdem ihm der Kellner das Gericht serviert hatte, bekam ich zufällig aus dem Augenwinkel mit, wie er den Blick senkte und die Hände faltete. Leise murmelnd sprach er ein paar Worte, bevor er sich bekreuzigte und zu essen begann.

Leicht irritiert zog ich die Augenbrauen zusammen. *Was war das denn?*, fragte ich mich. *Hat der etwa gerade gebetet? Hier, vor mir, in aller Öffentlichkeit? Hat der denn kein bisschen*

*Angst, dass er sich lächerlich macht? Vor all den Leuten hier? O Mann, der scheint mir ja ein besonders frommer Vertreter seiner Hautfarbe zu sein,* fügte ich sarkastisch hinzu, zog die Mundwinkel nach unten und schüttelte in Gedanken den Kopf. *Hm, vielleicht,* so sponn ich den Faden weiter, *macht man das ja so dort, wo er herkommt?* Jedenfalls hatte ich schon lange niemanden mehr beobachtet, der vor dem Essen betete. Oder danach. Und überhaupt: öffentlich beten? Das empfand ich wie … wie einen Seelenstriptease. Irgendwie … na ja, peinlich eben.

*Wann hab* ich *eigentlich zuletzt gebetet,* fragte ich mich dann. *Hm, das muss so mit vier oder fünf gewesen sein. Ja, damals glaubte ich auch noch an das Christkind,* erinnerte ich mich. Mama hat immer vor dem Schlafengehen mit mir gebetet. „Ich bin klein, mein Herz ist rein …" Weiter brachte ich es nicht mehr zusammen. *Und danach?,* überlegte ich weiter. *Wurden andere Dinge wichtiger und es hat sich wohl irgendwie, irgendwann verflogen. Wie ein zarter Duft im rauen Wind.* Innerlich noch immer den Kopf schüttelnd schob ich meine nostalgischen Gedanken rasch beiseite.

Während des Essens hielt mein Gegenüber den Blick gesenkt. Nur ein-, zweimal sah er kurz auf und lächelte mich an.

Ich nutzte die Gelegenheit, mir den mir seltsam erscheinenden Mann etwas genauer anzuschauen. Das Erste, was mir an ihm auffiel, waren ein paar Narben im Gesicht. Und ich stellte Vermutungen an, wo er die herhaben könnte. Er war ein ziemlich dunkelhäutiger Farbiger. *Vielleicht,* dachte ich, *kommt er aus einem der Staaten Afrikas, in denen gerade Krieg herrscht oder bis vor Kurzem noch herrschte und er war dort in Kämpfe verwickelt und verwundet worden? Hatte er die Nase voll, war nach Europa geflohen und hatte Asyl beantragt? Oder vielleicht ist er ja auch einer jener Flüchtlinge, die in diesen überladenen, seeuntüchtigen Nussschalen übers Mittelmeer nach Lampedusa geflüchtet sind und ist danach irgendwie in Deutschland gelandet?*

Allerdings hatte ich aus den wenigen Worten seiner Frage an mich und der Bestellung beim Kellner herausgehört, dass er ein einwandfreies Deutsch sprach. Nicht den geringsten Akzent hatte ich vernommen. *Demnach muss er schon sehr lange in Deutschland leben*, folgerte ich. *Dann kann auch meine Vermutung, er sei in Kampfhandlungen geraten und geflohen, nicht stimmen. Woher aber stammten dann seine Narben?* Ich hatte keine Ahnung. Ihn jedoch einfach zu fragen, fand ich zu unhöflich. Und plump.

Obwohl ich hundemüde war und mich gern in mein Abteil zurückgezogen hätte, um dort den Rest der Fahrt zu schlafen, war nun doch meine Neugier geweckt. Auf einmal wollte ich mehr über diesen Mann erfahren.

Der Kellner hatte mein Geschirr inzwischen abgeräumt. Zum Nachtisch bestellte ich mir einen Espresso. *Vielleicht hält der mich ja wach*, hoffte ich.

Als wir Offenburg erreichten, war mein Gegenüber ebenfalls mit dem Essen fertig. Auch er bestellte sich noch einen Kaffee.

Nachdem er erneut mit geschlossenen Augen ein paar Worte vor sich hingemurmelt hatte, griff er in die Innentasche seines Jacketts und zog ein schwarz eingebundenes Buch mit Goldschnitt hervor. Mit gesenkten Lidern drückte er es an seine Lippen, bekreuzigte sich erneut, schlug es auf und begann darin zu lesen, wobei er lautlos seine Lippen bewegte.

Erst vor und nach dem Essen beten und jetzt das: Ich war sehr befremdet, ja, fast ein wenig verunsichert ob seines mir ungewohnten Verhaltens. *Wer ist der Mann?*, fragte ich mich. *Hat der denn gar keine Scheu, seine Frömmigkeit so offen auszudrücken? Ist er vielleicht ein Pastor oder so was Ähnliches?*

Er musste meine Blicke gespürt haben, denn nur ein paar Sekunden später sah er auf und erkannte die Irritation in meinen Augen.

Ich fühlte mich ertappt. Vor Verlegenheit nestelte ich an der leeren Espressotasse herum und rief nach dem Kellner für ein weiteres Getränk.

Ein verständnisvolles Lächeln huschte über das Gesicht meines Gegenübers. Dann tippte er mit zwei Fingern auf das Buch in seiner Hand und sagte: „Meine Bibel."

„Bibel?", wiederholte ich fragend und kam mir dabei irgendwie dumm vor. Ehrlich gesagt hatte ich bisher noch nie viel mit der Bibel am Hut gehabt. Genau genommen noch gar nicht. Das heißt, ich hatte bis zu diesem Zeitpunkt überhaupt keinen blassen Schimmer, was da genau drinstand.

Wieder lächelte er, als er nickte. „Ich lese jeden Morgen und jeden Abend in meiner Bibel", sagte er in einem Ton, als sei es das Normalste auf der Welt.

Ich überschlug schnell: Er schien so um die dreißig zu sein. *Angenommen*, dachte ich, *er liest seit vierzehn, fünfzehn Jahren täglich zweimal in der Bibel … dreihundertfünfundsechzig mal zwei und mal vierzehn macht ja schon über zehntausend Mal! Wow, und da sind die Schaltjahre noch nicht mal mit eingerechnet.*

Ich wollte bestimmt nicht überheblich klingen, aber ich fragte ihn vorsichtig: „Ähm … wird das nicht langweilig …

ich mein … so auf die Dauer?“, und beugte mich ein wenig vor. „Steht denn da so viel Interessantes drin, dass man jeden Tag darin lesen kann? Sogar zweimal am Tag? Was steht denn überhaupt in der Bibel“, fügte ich leicht provokant hinzu, verschränkte die Arme vor der Brust und hob fragend die Augenbrauen.

Mein Gegenüber legte das Buch auf den Tisch, stützte die Ellbogen auf und senkte sein Kinn auf die ineinander verschränkten Hände. So sah er mich kurz schweigend von unten herauf an. Dann lehnte er sich wieder zurück. „Wollen Sie die Lang- oder die Kurzfassung?“, fragte er mit einem Lächeln.

Da ich müde war und ehrlich gesagt keine große Lust hatte, mir nun ewig lange irgendwelche frommen Abhandlungen und Erklärungen anzuhören, sagte ich: „Wenn ich schon die Wahl habe, dann die Kurzfassung, bitte.“

Wieder sah er mich kurz an, bevor er nickte und sich erneut vorbeugte. „Gut. Alles, was in der Bibel steht“, antwortete er und tippte ein paarmal mit seinem Zeigefinger auf das Buch, „dreht sich im Grunde genommen um ein einziges Gebot.“ Er machte eine Pause und lehnte sich wieder zurück. Mit vor der Brust verschränkten Armen grinste er mich an, wobei ich das Gefühl hatte, es mache ihm Spaß, mich auf die Folter zu spannen und damit die Wirkung seiner Worte zu erhöhen.

Prompt fiel ich drauf rein. „Und? Wie heißt dieses eine Gebot?“, fragte ich gespannt, nun doch neugierig geworden und hob die Augenbrauen.

„Es heißt: *Du sollst den Herrn, deinen Gott, lieben mit ganzem Herzen und ganzer Seele, mit all deiner Kraft und all deinen Gedanken*“, antwortete er und fügte hinzu: *„Und deinen Nächsten sollst du lieben wie dich selbst.“*

„Das ist alles?“, fragte ich perplex.

Mein Gegenüber nickte lächelnd und deutete auf mich. „Sie wollten doch die Kurzfassung. Dann ist es dieses eine Gebot. Aber um dieses Gebot herum ist praktisch die ganze Bibel entstanden: Geschichten. Gleichnisse. Psalmen. Immer wieder steht die Aussage dieses Gebots im Mittelpunkt einer Geschichte.“

„Hm.“ Ich runzelte die Stirn und wusste nicht so recht, was ich darauf antworten sollte. Eigentlich hatte ich damit gerechnet, dass trotz der angekündigten „Kurzfassung“ eine längere Aufzählung folgen würde. Aber ein einziges Gebot?

Gedankenversunken rührte ich in meinem zweiten Espresso, der inzwischen längst kalt geworden war. „Nun gut“, raffte ich mich schließlich auf. „Dass ein gläubiger Mensch seinen Gott mit ganzem Herzen und so weiter lieben soll, ist mir ja noch verständlich. Aber seinen Nächsten? Wer, bitte schön, ist denn mein ‚Nächster‘? Meine nächsten Verwandten? Meine Freunde? Meine Nachbarn? Die Einwohner meiner Stadt? Ich kann ja schlecht hingehen und mein ganzes Land oder gar die ganze Welt lieben, oder?“

Während ich mein Gegenüber fragend anstarrte, konnte ich sehen, wie es hinter seiner Stirn arbeitete. Irgendwie hatte ich das Gefühl, als müsse er mit einer Entscheidung ringen. Für einen kurzen Moment forschte er in meinen Augen.

„Ich kenne Sie zwar nicht“, setzte er schließlich an und verschränkte seine Finger ineinander. „Aber ich habe das Gefühl, ich kann Ihnen vertrauen. Und um Ihnen diese Frage zu beantworten, würde ich Ihnen gern eine Geschichte erzählen. *Meine* Geschichte. Was ist, wollen Sie diese Geschichte hören?“

Interessiert nickte ich.

„Gut“, sagte er und schaute sich um. Als ich seinem Blick folgte, fiel mir auf, dass uns der eine oder andere Gast an Nachbartischen zu belauschen schien. „Das sollten wir aber nicht hier tun“, fuhr er leise zu mir gewandt fort und gab dem Kellner ein Zeichen.

„Wir könnten in mein Abteil gehen“, schlug ich vor. „Das ist gleich im nächsten Waggon.“

„Einverstanden.“

Wir zahlten und verließen das Bordrestaurant. Als wir nach wenigen Metern mein Abteil erreichten, das zum Glück noch immer leer war, wies uns eine Durchsage darauf hin, dass wir in wenigen Minuten Karlsruhe erreichten.

Wir machten es uns gegenüber bequem.

Mein neuer Bekannter lehnte sich zurück, verschränkte die Arme vor der Brust und begann: „Ich habe natürlich gleich bemerkt, dass Ihnen meine Narben aufgefallen sind, als ich mich zu Ihnen an den Tisch setzte. Jeder, der mich sieht, schaut als Erstes auf meine Narben. Und sicher haben Sie sich, wie jeder das tut, auch gefragt, woher diese stammen, richtig?“

Wieder nickte ich wortlos. Was sollte ich auch antworten, ohne ihm zu nahezutreten oder unhöflich zu klingen.

Ein schmerzliches Lächeln huschte über sein Gesicht. „Die, die Sie sehen, sind nicht alle, die ich habe. Mein ganzer Körper ist mehr oder weniger von Narben bedeckt.“

„Wie bitte?“

Traurig nickte er. „Es ist zwar jetzt schon fast zwei Jahre her. Aber ich muss leider etwas weiter ausholen. Zu dieser Geschichte gibt es keine Kurzfassung“, fügte er bedauernd hinzu.

Ich winkte ab. „Jetzt will ich alles wissen“, sagte ich.

Er nickte. „Alles begann 1991, als ich fünf Jahre alt war. Da flohen meine Eltern mit mir aus dem Niger. Über Algerien und Marokko ging es nach Spanien. In Niger wollten die Tuareg meine Eltern töten, weil sie zum Christentum übergetreten waren. Die Tuareg sind Muslime. Sie töten jeden, der vom Islam zu einer anderen Religion konvertiert. Deshalb sind meine Eltern mit mir geflohen und haben Asyl in Europa beantragt. Von Spanien brachte man uns nach Deutschland in ein Asylbewerberheim bei Hannover. Dort mussten wir auf die Annahme unseres Asylantrages warten. Warten, warten, warten." Er rollte mit den Augen, was bei einem Farbigen durch den Kontrast der schwarzen Haut zu den weißen Augäpfeln noch eindrucksvoller als bei uns Weißen rüberkommt und mir trotz des ernsten Themas ein Schmunzeln entlockte.

„Diese Zeit ist für Erwachsene äußerst langweilig, wenn man nichts zu arbeiten hat", fuhr er fort. „Für mich als Fünfjährigen dagegen war das kein Problem. Ich spielte mit den anderen Kindern im Heim. Aber auch außerhalb. So lernte ich schnell Deutsch. Als ich mit knapp sieben eingeschult wurde, war ich sprachlich schon fast auf dem Level eines gleichaltrigen deutschen Kindes."

Jetzt war mir auch klar, warum er so gut Deutsch sprach.

„Inzwischen hab ich sogar die deutsche Staatsangehörigkeit", fuhr er mit kaum verhohlenem Stolz in der Stimme fort und strahlte übers ganze Gesicht. „Da staunen Sie, stimmt's?", fügte er lachend hinzu.

Ich nickte eher geistesabwesend, denn mir drängte sich plötzlich eine Frage auf: „Aber die Narben …", setzte ich an und überlegte, wie ich ihm nicht zu nahetrat. „Die … äh … hatten Sie doch nicht schon als Kind, oder?"

Wie ausgeknipst verschwand das Strahlen aus seinem Gesicht. „Nein, die habe ich von hier." Er seufzte. „Doch dazu kommen wir gleich. Lassen Sie mich zuvor noch kurz weiter ausführen. Bei einem Autounfall, den sie als Beifahrer nicht selbst verschuldet hatten, starben meine beiden Eltern. Mit zehn war ich auf einen Schlag Waise und kam zu Pflegeeltern. Die hatten außer mir noch vier weitere Kinder in der Pflege. Sie hatten uns alle nur des Geldes wegen aufgenommen, wie ich später erfuhr. Als Schwarzer wurde ich schnell zum Prügelknaben. Wurde herumgeschubst. Aus nichtigem Anlass geschlagen. Oder links liegen gelassen. Gemobbt, würde man heute sagen …"

„Auch von Ihren Pflegeeltern?", unterbrach ich ihn.

Er verzog das Gesicht zu einer schiefen Grimasse. „Ja, auch von denen. Aber ich habe mir nichts gefallen lassen. Ich habe zurückgeschlagen. Auf Dauer konnte das natürlich nicht gut gehen. Nach einem Jahr kam ich in eine andere Familie. Da ging es mir besser. Zwar waren auch diese Pflegeeltern nicht wie meine richtigen Eltern, aber immerhin behandelten sie mich gut und ließen mich einen vernünftigen Schulabschluss machen. Mit achtzehn bin ich dann ausgezogen. Ich versuchte mich im Laufe der nächsten Jahre in verschiedenen Berufen und landete schließlich in der Altenpflege."

Er unterbrach sich und schaute mit zusammengepressten Lippen einen Moment aus dem Fenster. Mir schien, als müsse er sich auf das vorbereiten, was gleich kam.

„Um mich körperlich fit zu halten, bin ich oft nach der Arbeit joggen gegangen", nahm er den Faden wieder auf. „Allein. Auch an jenem Abend, an dem es passierte. Es war, wie gesagt, vor etwa zwei Jahren. Es war schon dunkel. Ohne es zu bemerken, war ich auf einmal in eine Gegend geraten, in der ich noch nie zuvor gewesen war und die ich nicht kannte. Ich weiß noch, dass mir die schlechte Straßenbeleuchtung auffiel. Alles erschien mir irgendwie zwielichtig. Plötzlich, wie aus …" – er schnippte mit den Fingern – „… dem Nichts, umringten mich vier Männer. Ihre Gesichter waren mit Sturmmasken vermummt. Instinktiv spürte ich die Bedrohung und wollte weglaufen, aber sie packten mich, warfen mich zu Boden und traten und schlugen auf mich ein. Mit Schlagringen. Mit Fahrradketten. Einer hatte auch ein Messer in der Hand. Sie schrien, ich solle ihnen mein Geld und mein Handy geben. Ich flehte sie an, sie sollen aufhören. *Ich hab kein Geld, ich hab kein Handy*, hab ich zurückgeschrien. Aber sie haben mir nicht geglaubt und schlugen immer weiter auf mich ein. Traten mir in den Bauch. Gegen den Kopf. Gegen die Rippen. Sie stachen mit dem Messer auf mich ein, als ich weiterhin beteuerte, ich hätte nichts dabei. Irgendwann wurde ich ohnmächtig."

Erschüttert schlug ich die Hände vors Gesicht. „Mein Gott, das ist ja furchtbar", entfuhr es mir. „Hat Sie denn niemand schreien gehört? War keiner in der Nähe, der Ihnen hätte helfen können?"

Mein Gegenüber schüttelte den Kopf. „Anscheinend niemand. Ich hab auch nicht die geringste Vorstellung davon, wie lange ich so dalag, mehr tot als lebendig", fuhr er fort. „Irgendwann konnte ich wenigstens das eine Auge ein bisschen öffnen. Überall war Blut. Ich sackte gleich wieder weg. Dann kam wieder ein lichter Moment. Doch gleich darauf war ich wieder weg. Das ging wohl einige Zeit so hin und her."

Erneut unterbrach er sich und sah mit verkniffener Miene zum Fenster hinaus. Mir kam es so vor, als habe er mit Tränen zu kämpfen. Ich bekam nun doch ein schlechtes Gewissen wegen meiner Gedanken, die ich hatte, als ich ihn vor dem Essen beten sah. Wahrscheinlich, so überlegte ich, waren es Gott und dessen Trost gewesen, die ihn nach seinem schlimmen Erlebnis wieder aufgerichtet hatten. Im Stillen tat ich Abbitte.

„In solch einem eher lichten Moment", fuhr er nach einer Weile fort, „sah ich auf einmal einen Krankenwagen auf mich zukommen. Als er neben mir anhielt, hoffte ich schon auf Rettung. Vielleicht hatte ihn ja ein Passant gerufen? Doch der Fahrer beugte sich nur aus seinem Fenster, lachte böse auf und brüllte irgendwas wie ‚Blödmann, auf so 'ne Falle fall ich nicht noch mal rein! Nicht ein zweites Mal!' und brauste davon …"

Mein Kopf fuhr nach vorn. „Wie bitte?", fiel ich ihm ins Wort. „Da kommt ein Rettungswagen, hält einen am Boden liegenden Schwerverletzten für eine Falle und fährt einfach weiter? Das soll wohl ein Witz sein?", echauffierte ich mich.

„Ganz und gar nicht", antwortete mein Gegenüber. „Und Sie werden's nicht glauben: Es kommt noch dicker!"

„Noch dicker?", entfuhr es mir. „Was, bitte schön, kann denn noch schlimmer sein?"

Der Mann schmunzelte bitter. „Kurz darauf kam ein Streifenwagen der Polizei. Der verlangsamte sein Tempo lediglich, hielt aber nicht an. Im Vorbeifahren lehnte sich der Fahrer aus dem Fenster, winkte verächtlich ab und rief herüber: ‚He, du alter Penner! Schlaf deinen Rausch gefälligst woanders aus.' Dann gab auch er Gas."

Ich war sprachlos und konnte nur noch den Kopf schütteln über so viel Menschenverachtung. Zwei Institutionen, die eine davon eine soziale, die andere sogar eine staatliche, lassen einen Hilflosen liegen aus Furcht, es könnte eine Falle sein beziehungsweise weil man ihn für einen Obdachlosen hält. Wo blieb denn da der Anspruch *Aus Liebe zum Menschen*, den sich die eine auf die Fahnen geschrieben hatte? Und wo war der *Freund und Helfer*, den die andere für sich beanspruchte?

„Aber … aber …“, stotterte ich. „Irgendjemand muss Ihnen doch noch geholfen haben, oder? Schließlich sitzen Sie mir ja heute hier gegenüber.“

Er nickte. „Ja. Ich kann Ihnen nicht sagen, wie lange es dauerte, da hielt plötzlich ein Taxi neben mir. Erneut erwartete ich eine abfällige Bemerkung oder dergleichen. Doch kaum stand der Wagen, stieg ein Fahrgast aus, eilte zu mir herüber und beugte sich über mich. Nachdem er sich vergewissert hatte, dass ich noch lebte, rief er den Taxifahrer herbei und forderte ihn auf, mich mit ihm zum Krankenhaus zu fahren. Der gute Mann weigerte sich allerdings energisch, seine Polster durch meinen blutbesudelten Körper zu verschmutzen. Ich will Sie nun nicht mit allen Einzelheiten langweilen, ich erfuhr auch erst im Nachhinein von einem Arzt, was ich Ihnen jetzt erzähle. Jedenfalls gipfelte die Situation darin, dass der Fahrgast dem Taxifahrer schriftlich garantierte, für alle eventuellen Reparaturkosten plus einen eventuellen Verdienstausfall während der Standzeit aufzukommen. Als Anzahlung gab er ihm einen Scheck über fünftausend Euro und seine Adresse mit der Maßgabe, ihn zu kontaktieren, wenn der ‚Schaden‘ höher ausfiele. Letzten Endes hoben mich die beiden Männer auf eine Decke, bugsierten mich vorsichtig auf die Rückbank und fuhren mich ins nächste Krankenhaus. Dort erfuhr ich später dann auch von einem Arzt, dass der Fahrgast ein

Versicherungsvertreter war. Wie Sie wissen, eine Berufsgruppe, die hierzulande ja nicht gerade sonderlich beliebt ist."

Einen Moment lang war ich sprachlos. „Erstaunlich", sagte ich und verzog anerkennend den Mund. „Da sieht man mal wieder, was Vorurteile ausmachen. Und ich glaube, ich ahne bereits die Antwort auf meine Frage, wer denn mein Nächster ist ..."

„Und? Wer?", unterbrach er mich und sah gespannt herüber.

„Jeder", antwortete ich und nickte. „Jeder ist mein Nächster, auch der total Fremde. Erst recht, wenn er meine Hilfe braucht."

Mein Gegenüber lächelte. „Ja, Sie haben's erfasst. Und ob Sie es glauben oder nicht: Meine Geschichte ähnelt sehr stark einer der Geschichten" – er nahm das schwarze Buch in die Hand und hielt es hoch –, „die in dieser Bibel zu finden sind: In Lukas 10,25–37 erzählt Jesus einem Schriftgelehrten, der so wie Sie gefragt hat, wer denn sein Nächster sei, das *Gleichnis vom barmherzigen Samariter*. Auch dort gerät ein Mann unter die Räuber, auch dort gehen zwei, die eigentlich von Amts wegen zur Hilfe verpflichtet sind, achtlos an dem Opfer vorbei. Und auch dort kümmert sich ein vollkommen Fremder, und dazu einer, der ebenfalls auf der Beliebtheitsskala ganz unten steht, um das Wohlergehen des Verwundeten, bringt ihn in Sicherheit und kommt für alles auf."

Und plötzlich erinnerte ich mich an jene Geschichte, die ich mal in der Schule gehört hatte. „Ja, ich glaube, ich erinnere mich", meinte ich zögerlich. „Gibt es noch mehrere solcher ...?"

Die Durchsage, dass der Zug in wenigen Minuten im Frankfurter Hauptbahnhof einliefe, unterbrach unser Gespräch.

Mein Gegenüber zuckte bedauernd mit den Schultern und stand auf. „Ich muss jetzt leider gehen."

„Oh, schade", sagte ich und bedauerte ehrlich, mich schon von meinem Gesprächspartner trennen zu müssen. „Bei mir dauert's noch 'ne halbe Ewigkeit. Ich muss bis Altona durchhalten."

„Ja, ich find's auch schade. Ich wohne etwas außerhalb von Frankfurt und muss jetzt hier raus. War schön, Sie kennengelernt zu haben. Aber wofür gibt es Telefon und E-Mails? Vielleicht sollten wir in Verbindung bleiben?"

„Ja, eine gute Idee", antwortete ich und reichte ihm meine Visitenkarte. Dabei fiel mir auf, dass wir uns einander noch gar nicht vorgestellt hatten. „Lassen Sie uns unsere Unterhaltung irgendwann mal fortsetzen."

Er überlegte kurz. „Wissen Sie was?", sagte er dann und strahlte mich an. „Ich schenke Ihnen meine Bibel. Ich hab noch weitere davon zu Hause. Und in dieser steht hintendrin meine Adresse. Außerdem können Sie so, wenn Sie möchten, noch ein paar andere spannende Geschichten lesen, ehe Sie Hamburg erreichen."

Wir verabschiedeten uns wie zwei gute Freunde mit einer Umarmung und wünschten uns gegenseitig eine gute Nacht.

Als der Zug hielt, eilte er winkend davon.

Und obwohl ich hundemüde gewesen war, als ich in Basel in den Zug stieg, war ich nun hellwach. Ich las und las und las und konnte gar nicht mehr aufhören.

Bis Hamburg habe ich kein Auge mehr zugetan.

# Alles Banane!

Vor einigen Jahren wurde in einem großen deutschen Zoo auf einer Fläche von 10.000 Quadratmetern ein modernes Menschenaffenhaus eröffnet. Das Haus ist in seiner Form einem Blatt nachempfunden und schmiegt sich durch seine Farbgebung gut in die Landschaft ein. Im Innenbereich des Hauses herrscht tropisches Klima, wobei die vielen Pflanzen und ein Wasserfall den Besuchern die Illusion geben sollen, Tiere wie in einem Dschungel beobachten zu können. So, und nur durch Glasscheiben von den Tieren getrennt, entsteht eine außergewöhnliche Nähe, die die Besucher immer wieder fasziniert.

Eine frühere Schulfreundin von mir arbeitet dort als Tierpflegerin und ist mit anderen Kollegen für die Pflege der Affen zuständig. Außer drei Katta-Männchen und einem Weibchen, dieser in ihrer Heimat Madagaskar stark bedrohten Lemuren-Art, haben sie eine Horde Brüllaffen, ein paar Schimpansen, Bonobos, Orang-Utans und eine Gorillafamilie zu betreuen.

Neulich hatte ich mich mit dieser Freundin nach Feierabend vor dem Ausgang des Tierparks verabredet. Wir hatten uns lange nicht mehr gesehen und uns vorgenommen, zuerst ins Kino zu gehen und danach noch irgendwo bei einem Glas Wein zusammenzusitzen.

Als ich an dem großen Tor neben einem der Kassenhäuschen stand, fiel mir schon von Weitem auf, dass sie sich vor

Lachen kaum halten konnte, als sie dem Ausgang zueilte. Und so erzählte sie auch gleich drauflos, nachdem wir uns zur Begrüßung umarmt hatten.

„Du wirst es nicht glauben, was mir eben kurz vor Schichtende passiert ist."

„Na, sicher wirst du es mir gleich sagen", entgegnete ich schmunzelnd und hakte sie unter.

Während wir zu meinem Wagen gingen, sprudelte es aus ihr heraus: „Also, ich hatte ja schon von diesem Experiment gehört, konnte mir aber beim besten Willen nicht vorstellen, dass es funktioniert. Hey, ich dachte immer, Affen seien so schlau. Besonders die Schimpansen. Sind sie ja eigentlich auch. Nur komisch, denn wenn Gier dazukommt, haben sie etwas sehr, sehr Menschliches an sich."

„Äh … Gier … menschlich …?" Ich sah sie an und machte ein ratloses Gesicht.

Sie konnte sich gar nicht mehr einkriegen vor Lachen. Ein paar Leute um uns herum, die ebenfalls dem Parkplatz zustrebten, sahen schon zu uns herüber. Ich verzog entschuldigend das Gesicht und eilte auf mein Auto zu.

Als sie sich wieder gefangen hatte, fuhr sie fort: „Also, ich hatte da mal von einer speziellen Methode gehört, die man anwenden kann, wenn man einen Affen fangen möchte. Du hast ja sonst null Chance, so ein Tier einzufangen. Erst recht nicht, seit wir das neue Affenhaus haben. Früher, in den kleinen Gehegen, da ging das schon eher. Aber in diesem Riesenhaus, nee, vergiss es! Jedenfalls wollte ich diese Methode einmal als Experiment nachstellen", kam sie auf den Ausgangspunkt ihrer Erzählung zurück. „Also brachte ich von zu Hause eine Tonvase mit, deren Öffnung gerade mal groß genug war, dass ein

Affe mit angelegten Fingern hineingreifen kann. Zuvor jedoch hatte ich eine Banane in der Vase versteckt. Die Vase stellte ich dann so auf, dass die Schimpansen daran vorbeikommen mussten.

Und es dauerte auch gar nicht lange, da tauchte Ratna auf, ein besonders aufgewecktes Affenmädchen, das mir bisher eigentlich immer als sehr intelligent aufgefallen war. Ich war gespannt: Wird sie auf meinen Trick hereinfallen? Oder wird sie, wenn sie merkt, dass sie mit der Banane in der Faust diese nicht aus der Vase herausbekommt, notgedrungen auf die verlockende Frucht verzichten? Oder etwas ganz anderes versuchen? Ich versteckte mich hinter einem Pfeiler und wartete ganz gespannt."

Ich blieb stehen und wandte mich ihr zu. „Und, wie hat sie reagiert?“, wollte ich wissen, jetzt auch gespannt auf den Ausgang des Experiments.

„Ha!“, lachte meine Freundin. „Erst guckte sie ganz erschrocken. Sie konnte es anscheinend nicht begreifen, dass sie die Hand, die sie eben noch mühelos durch die Öffnung gesteckt hatte, nun auf einmal nicht wieder herausbekam. Immer und immer wieder hat sie versucht, die Hand aus der Öffnung zu zerren. Als das nicht klappte, fing sie an herumzulaufen und zu schreien, wohl um ihre Artgenossen auf sich aufmerksam zu machen. Die kamen auch einer nach dem anderen angetrottet. Einer war sogar so schlau und hielt mit beiden Armen die Vase fest umschlungen, doch auch das half nichts. Schließlich saßen sie alle um Ratna herum und machten ziemlich bedepperte Gesichter.

Das Affenmädchen wurde nun aber langsam wütend und begann die Vase auf den Boden zu schlagen. Immer fester.

Und siehe da: Auf einmal zerbrach die Vase in tausend Stücke und dann reckte Ratna in einer geradezu triumphierenden Geste den Arm in die Höhe. In der Faust die Banane. Ganz schön clever, das Mädchen, oder?“

Ich nickte schmunzelnd.

„Dann rannte sie unter wildem Geschrei davon“, fügte sie hinzu. „Wahrscheinlich fürchtete sie, dass eines der Männchen ihr die Frucht abjagen wollte.“

Inzwischen hatten wir das Auto erreicht und stiegen ein.

Ich startete den Motor und legte schon den Gang ein, um aus der Parkbucht zu fahren, da durchzuckte mich plötzlich ein Gedankenblitz. „Warte mal kurz, mir fällt da etwas ein!“, sagte ich zu meiner Freundin. Ich zückte mein Smartphone aus der Jackentasche hervor, rief die Bibel-App auf und suchte das neunzehnte Kapitel des Matthäusevangeliums. „Hier lies mal, das Gleichnis vom reichen jungen Mann passt genau zu deinem Experiment.“

Der Kopf meiner Freundin fuhr zu mir herum. „Wie bitte?“, wunderte sie sich. „Das ist ja wohl nicht dein Ernst? Du willst wohl, dass ich weiterlache. Was hat denn die Bibel mit meinem Affen zu tun?“

Ich grinste sie von der Seite an. „Doch, ernsthaft, hör mir mal zu: *Es kam ein Mann zu Jesus und fragte: Meister, was muss ich Gutes tun, um das ewige Leben zu gewinnen?*“, begann ich zu lesen. „*Er antwortete: Was fragst du mich nach dem Guten? Nur einer ist ‚der Gute‘. Wenn du aber das Leben erlangen willst, halte die Gebote! Darauf fragte er ihn: Welche? Jesus antwortete: Du sollst nicht töten, du sollst nicht die Ehe brechen, du sollst nicht stehlen, du sollst nicht falsch aussagen; ehre Vater und Mutter! Und: Du sollst deinen Nächsten lieben wie dich selbst!*

*Der junge Mann erwiderte ihm: Alle diese Gebote habe ich befolgt. Was fehlt mir jetzt noch? Jesus antwortete ihm: Wenn du vollkommen sein willst, geh, verkauf deinen Besitz und gib das Geld den Armen; so wirst du einen bleibenden Schatz im Himmel haben; dann komm und folge mir nach. Als der junge Mann das hörte, ging er traurig weg; denn er hatte ein großes Vermögen.*" Ich schlug das Neue Testament zu.

„Und was hat das jetzt bitte schön mit meinem Affen zu tun?"

„... *ging er traurig weg; denn er hatte ein großes Vermögen.* – Auf diesen Satz kommt es an", entgegnete ich. „Der junge Mann hält krampfhaft an seinem Vermögen fest und will es nicht loslassen, wie dein Affe seine Banane. Der junge Mann geht traurig weg, in dem Bewusstsein, dass er es nicht schaffen wird, dieses große Vermögen aufzugeben. Und so wie der Affe die Hand nicht aus der Vase bekommt, weil er nicht loslässt, kann sich auch der junge Mann nicht aus seinem selbst gewählten Gefängnis befreien, wenn er sein Vermögen in der Hand behält. Entdeckst du die Parallele?"

„Hm", machte sie und nickte. „Wenn man das so sieht, war die Banane für Ratna wirklich alles."

# Der Obdachlose

Winter 1952: Nur wenige werden sich an ihn noch erinnern. Aber nicht seine bittere Kälte, sondern ein besonderes Ereignis lässt mich auch heute, nach weit über einem halben Jahrhundert, diesen Winter nie vergessen.

Es geschah am Nachmittag vor Heiligabend. Ich schlenderte durch die festlich geschmückte Obere Königsstraße in Kassel, vom Rathaus kommend in Richtung Königsplatz. Damals war sie noch keine Fußgängerzone, das wurde sie erst neun Jahre später; dennoch hielt sich der Autoverkehr in Grenzen.

Was gab es nicht alles zu sehen: Bunte Lichtergirlanden verzauberten Straßen und Gebäude; Tannenbäume und Spruchbänder verdeckten notdürftig den Blick auf die zahlreichen noch vorhandenen Ruinen; besonders aber die neuen oder wiederaufgebauten Kaufhäuser, die Schaufenster voll mit herrlichem Spielzeug und köstlichen Leckereien, hatten es mir angetan und zogen mich, einen Knirps von knapp zehn Jahren, an wie ein Magnet. Ich fühlte mich wie im Märchen.

Und dann, neben der Behelfsbaracke des Kaufhofs am Opernplatz, sah ich ihn: Klein, hager und schäbig saß er da auf dem nackten, kalten Stein, lehnte leicht vornübergebeugt an einer Wand und stierte durch halb geschlossene Lider wie geistesabwesend vor sich hin. Ein spärlicher, zerzauster Haarkranz umrahmte seinen fleckigen Schädel.

Ich blieb stehen. Um uns herum hasteten Menschen von einem Geschäft ins andere auf der Suche nach letzten Weihnachtsgeschenken und kaum einer beachtete das Pappschild auf der Brust des Mannes: „Habt ein Herz! Bin obdachlos", stand da in krakeligen Großbuchstaben. Daneben eine zerschlissene feldgraue Mütze, in der ein paar Münzen lagen.

Neugierig trat ich näher und betrachtete den Mann. Unter den grauen Bartstoppeln erkannte ich ein gutmütiges, sympathisches Gesicht, auf dem ein seltsam entrücktes Lächeln wie festgefroren schien. In seiner fadenscheinigen Stoffhose und dem dünnen, schäbigen Mantel musste er sich „doch den Tod holen", wie meine Mutter immer sagte. Fröstelnd hauchte ich meine Hände durch die feuchten Wollfäustlinge warm.

Er tat mir sofort leid. Zwar konnte ich damals noch nicht so richtig verstehen, warum ein Mensch betteln ging, denn trotz aller Entbehrungen der Nachkriegsjahre hatten wir doch immer genug zu essen gehabt. Aber da meine Mutter mir eingebläut hatte, dass ich dafür *dankbar sein* müsse, es gäbe *noch viel ärmere Menschen*, stellte ich mir diesen Obdachlosen als solch einen viel Ärmeren vor.

„Mein Gott", unterbrach da die schrille Stimme einer Frau meine Gedanken, „schon wieder so ein arbeitsscheuer Penner!" Ich drehte mich um und erkannte ein Paar mittleren Alters, offenbar ziemlich reich, denn beide trugen Pelzmäntel und sahen gut genährt aus. „Unverschämtheit, bettelt die Leute an, und nachher versäuft er alles wieder!"

„Ich weiß nicht", wandte zweifelnd ihr Begleiter ein, „scheint so ein armes Schwein zu sein, das keine Bleibe hat. Vielleicht ist er erst vor Kurzem aus der Gefangenschaft in Sibirien gekommen."

„Pah, Sibirien! Ein Faulpelz ist der! Jetzt zur Weihnachtszeit, da reiten sie doch alle auf der Masche und machen auf Mitleid. Sind doch bloß zu faul zum Arbeiten."

„Schämen Sie sich!", fuhr da eine ältere, etwas ärmlich gekleidete Frau dazwischen. „Wie können Sie nur so herzlos von einem reden, der offensichtlich kein Dach über dem Kopf hat und nicht weiß, wo er hinsoll. Haben Sie denn überhaupt kein Mitgefühl?"

„Nicht mit so einem! Wir alle hatten unter dem Krieg zu leiden. Und wir alle mussten danach bei null anfangen. Aber es ist doch schon wieder was aus uns geworden. Man muss nur wollen!" Wohlgefällig strich sie dabei über ihren silbern glänzenden Pelzmantel.

„Und unser Staat lässt keinen im Stich", pflichtete ihr Begleiter ihr bei. „Sorgt sich um jeden. Auch um die Obdachlosen. Wenn man sich natürlich so gehen lässt, wie der da, sich nicht rasiert, nicht anständig kleidet ..."

„So ein Unsinn!", fiel ihm die ältere Frau ärgerlich ins Wort und zog fröstelnd ihren dünnen Mantel enger um die schmalen Schultern. „Ohne Arbeit kein Geld für anständige Kleidung. Und ohne anständige Kleidung keine Arbeit. So einfach ist das. Ein Teufelskreis." Dabei kramte sie in ihrer Handtasche nach einer Münze, ging in die Hocke und legte sie zu den anderen in die Mütze.

Inzwischen waren einige Passanten stehen geblieben und verfolgten neugierig das Geschehen. Ich stand da, breitbeinig, mit geballten Fäusten und begann das reiche Paar zu verabscheuen. Zwar hatte ich mich schon immer gefragt, was Onkel Henner mit der Gleichheit aller Menschen meinte, die jetzt durch das neue Grundgesetz endlich Wirklichkeit geworden sei. Aber hier sah ich ganz deutlich, dass mein Onkel nicht recht haben konnte: Einen größeren Unterschied, als zwischen diesem Obdachlosen und dem pelzbemäntelten Paar, mochte ich mir nicht vorstellen.

„Da haben Sie sicher nicht ganz unrecht", lenkte jetzt der Mann ein. „Und er ist bestimmt arm dran. Aber er braucht doch nur Sozialhilfe zu beantragen. Und schon muss er nicht mehr so unwürdig hier sitzen und die Leute anbetteln."

„Und nachher alles vertrinken", fiel ihm seine Begleiterin keifend ins Wort. Dabei wurde ihr fülliges Gesicht rot vor gespielter Empörung.

„Pfui Teufel, sind Sie kalt!", ereiferte sich die ältere Frau, die ich bereits fest in mein Herz geschlossen hatte. „Sehen Sie sich den armen Kerl doch mal an: Hat wahrscheinlich den ganzen Krieg mitgemacht. Sechs lange Jahre nichts als Dreck, Todesangst und Entbehrung! Und danach Gefangenschaft, wieder Angst und Hunger. Und jetzt keinen Menschen, der sich um ihn kümmert. Kein Heim. Niemand, der ihn umsorgt. Und da kommen Sie daher und können so eiskalt und herzlos über einen reden, der …" Der Rest des Satzes ging in ihrem Schluchzen unter, als sie die Hände vor den Kopf schlug.

Gleich darauf fuhr sie jedoch wieder hoch, wischte sich über die Augen und funkelte das Paar an: „Ganz abgesehen davon", fuhr sie fort, „ist es unsere Christenpflicht, ihm zu helfen. Oder haben Sie schon vergessen, was Jesus meinte, als er sagte: ‚*Was ihr für einen meiner geringsten Brüder getan habt, das habt ihr mir getan. … Und was ihr für einen dieser Geringsten nicht getan habt, das habt ihr auch mir nicht getan.*' Sie haben doch 'ne Bibel zu Hause, oder? Dann kennen Sie den Spruch sicher auch, ja? Na, dann lesen Sie mal nach bei Matthäus 25."

„Ach, jetzt kommen Sie uns bloooß nicht auch noch mit diesem frommen Kram“, stöhnte die andere Frau herablassend und warf die Arme in die Luft. „Wo war denn Ihr Gott im Krieg? Uns hat er jedenfalls nicht geholfen. Das mussten wir schon selber tun.“

Ihr Mann aber sah betreten zu Boden. Dann biss er sich auf die Lippe, ging leicht verschämt auf die ältere Frau zu und legte ihr die Hand auf den Arm. „Nun lassen Sie's schon gut sein, liebe Dame. Der Krieg hat uns alle mehr oder weniger kaputt gemacht. Und Sie haben ja recht: Der da ist wirklich ein armer Teufel.“ Dabei zückte er seine Brieftasche und entnahm ihr einen 10-Mark-Schein.

„Bist du verrückt?“, zischte seine Begleiterin und riss ihm den Schein aus der Hand, „den alten Säufer auch noch zu unterstützen? Komm jetzt!“, herrschte sie ihn an, packte ihn am Ärmel und zog ihn von uns fort. Achselzuckend, mit einem gequälten Lächeln um Verständnis heischend, folgte ihr der Mann.

In diesem Moment ratterte eine Straßenbahn vom Königsplatz kommend hinter uns vorbei und ließ den Boden unter unseren Füßen vibrieren.

Und da kam plötzlich auf eine unheimliche Art Bewegung in den Obdachlosen: Wie in Zeitlupe kippte er seitlich um, die starre Sitzhaltung beibehaltend.

Mit einem Aufschrei warf sich die ältere Frau neben dem Mann auf die Knie und schob eines seiner halb geschlossenen Augenlider hoch. Dann strich sie ihm fast zärtlich mit der Hand über die Augen, ließ ihren Kopf auf seine Schulter sinken und begann leise zu weinen.

# Das Erdbeben

***Port-au-Prince, Haiti, 12. Januar 2010, 16:50 Uhr***

Breitbeinig über den Zinkbottich gebeugt stand Aimee Gémin, 28, vor ihrer Hütte und schrubbte Wäsche auf dem alten Waschbrett, das sie vor Jahren von ihrer Großmutter geerbt hatte. Obwohl sie im Schatten stand, rann ihr der Schweiß von der Stirn und tropfte auf ihre Hände. Schon seit über zwei Stunden stand sie hier; doch bald würde sie es geschafft haben. Sie unterbrach ihre Arbeit, wischte sich die Hände an der Schürze trocken und dann mit der Linken den Schweiß von der Stirn. Sie verzog schmerzhaft das Gesicht, drückte stöhnend den Rücken durch und bückte sich nach der Flasche Wasser neben ihr. Nach einem kräftigen Schluck stellte sie die Flasche wieder auf den Boden, holte tief Luft und beugte sich erneut über den Bottich.

Um sie herum tobten ihre Kinder – zwei Jungs und vier Mädchen im Alter von drei bis zwölf Jahren –, die zwischen vor sich hin rostenden Autowracks, halb verbrannten Reifenstapeln und von den letzten Stürmen im Jahr 2008 arg zerfledderten Palmen lautstark Fangen spielten.

Als neben ihr ein vertrockneter Palmwedel zu Boden fiel, schweiften ihre Gedanken zurück in jenes verhängnisvolle Jahr, in dem so viele Tropische Stürme und Hurrikane über Haiti hinweggefegt waren, dass sie Schwierigkeiten hatte, noch alle ihre Namen aufzuzählen. Sie hielt einen Moment inne, schaute nach oben und konzentrierte sich. Ja richtig: Es begann im Mai mit *Arthur*, im Juli folgten *Bertha*, *Cristobal* und *Dolly*, im August *Edouard*, *Fay* sowie *Gustav*, im September *Hanna*, *Ike*, *Josephine* und *Kyle*, im Oktober *Laura*, *Marco*, *Nana*, *Omar* und *Sixteen*, und im November kam dann noch zum Schluss der Saison *Paloma*. Siebzehn Stürme, die Hunderte von Menschenleben gekostet und Tausende obdachlos gemacht hatten. Sie dankte Gott noch heute dafür, dass ihre Hütte damals verschont geblieben war. Sie hätte sonst nicht gewusst, wo sie mit ihren sechs Kindern untergekommen wäre.

*

Seufzend schob Ann-Katrin Scheffler, 20, ihr Handy in den Ausschnitt ihres Bikinioberteils, lehnte sich auf ihrem Bett zurück und stützte sich auf die Ellbogen. Gerade hatte sie ein Telefonat mit ihrer Mutter in Köln beendet. Die hatte sich wieder einmal minutenlang weinerlich darüber beklagt, dass es drüben in Deutschland seit Tagen bitterkalt sei. Inzwischen seien es schon minus fünf Grad, und sie bekomme die Wohnung kaum noch warm genug, hatte sie geklagt. Die Sonne habe sie auch schon tagelang, ach was, wochenlang nicht mehr zu Gesicht bekommen. Und überhaupt … das ganze Leben …

Hier in Port-au-Prince dagegen knallte die Sonne erbarmungslos vom wolkenlosen Himmel, Ann-Katrin schwitzte bei annähernd 40 Grad Celsius. Da sie keine Klimaanlage im Zimmer hatte, war das Fenster weit geöffnet, doch auch das brachte kaum Erleichterung. Als sie vor acht Wochen aus dem novemberkalten Deutschland kommend auf dem *Aéroport international Toussaint Louverture* aus dem Flugzeug gestiegen war, hatte sie die Hitze wie einen Schock empfunden. Doch mittlerweile hatte sie sich akklimatisiert und an die hiesigen Temperaturen gewöhnt. Sie trug so oft wie möglich nur einen Bikini, zumindest in ihren eigenen vier Wänden.

*

Lange hatte Jaques Lafayette, 22, an seinem Haus gebaut. Nun war es endlich fertig. Und es wohnte sich gut darin. Besser jedenfalls als in der rasch und notdürftig aus Wellblech, Brettern und Schrott zusammengezimmerten Hütte, in der er hatte hausen müssen, nachdem der neue Mann seiner Mutter ihn aus deren Haus geworfen hatte. Aus seinem Elternhaus! Obwohl er mit seinem bescheidenen Einkommen als Strandwärter bisher zum gemeinsamen Haushalt beigetragen hatte und seine Mutter bedauerte, dass diese Einnahmequelle nun weggefallen war, hatte jener darauf bestanden, dass die Hütte, die wie üblich nur aus einem einzigen Raum bestand, keinen Platz für einen zweiten Mann habe.

Besonders nicht nachts.

Sein Vater hatte – wie viele Männer im karibischen Raum –, schon vor Jahren, nachdem sich der Hormonrausch der Liebe verflüchtigt hatte, die persönliche Freiheit der Verantwortung für eine Familie vorgezogen. Er war einfach klammheimlich verschwunden. Dass Jaques' Mutter nun einen neuen, wenngleich viel jüngeren Mann in ihre Arme schließen konnte, war weniger ihrem guten Aussehen als vielmehr der Tatsache geschuldet, dass sie ihn finanziell aushielt.

Über Monate hatte Jaques Abend für Abend und an den Wochenenden mühsam von diversen Baustellen Material zusammengeklaut und Stein für Stein aufeinandergeschichtet, bis er endlich mit seiner Freundin Marie, mit der er schon zwei Kinder hatte, in sein Haus einziehen konnte. Statik? Tragfähiges Fundament? Darüber konnte Jaques nur lachen. In Haiti war jeder, der nicht gerade zwei linke Hände hatte, sein eigener Handwerker.

*

***Port-au-Prince, Haiti, 12. Januar 2010, 16:51 Uhr***

Nur schwer konnte Aimee Gémin ihre Gedanken von jenem verhängnisvollen Sturmjahr losreißen. Angelique, eine ihrer besten Freundinnen, deren Bruder und alle ihre fünf Kinder waren im September vor zwei Jahren bei einem der stärksten Hurrikane jenes Jahres, *Gustav*, umgekommen. Der Bruder hatte die Frau und ihre Kinder in seinem Auto aus der Stadt in Sicherheit bringen wollen. Doch dabei war das Auto auf einer Brücke über den Fluss Artibonite von einer gewaltigen Sturmbö erfasst und quer über die Straße auf die andere Seite geschleudert worden, hatte das Geländer durchbrochen und war in die Tiefe gestürzt. Alle sieben Insassen waren auf der Stelle tot gewesen.

Mit einem Seufzer senkte sie ihren Blick wieder auf die Arbeit vor ihr. Um die sich anbahnenden Tränen zu unterdrücken, presste sie ihre Lippen fest aufeinander und schrubbte fast wütend das letzte Kleidungsstück über das Waschbrett. Dann trocknete sie ihre Hände an der Schürze, eilte in die Hütte und kam mit einem großen geflochtenen Korb wieder. Mit all ihrer Kraft wrang sie Wäschestück für Wäschestück aus und ließ es in den Korb fallen.

„Allez, les enfants! Venez avec moi vers le haut!“ („Auf, Kinder! Kommt mit mir nach oben!“), rief sie ihren Kindern zu, nachdem der Korb voll war. Als sie sah, dass diese auf sie zueilten, bückte sie sich, hievte den Korb mit der Wäsche auf ihre Hüfte und stapfte um die Hütte herum auf die schmale Treppe zu, die auf das Flachdach führte. Die Kinder stürmten laut schreiend an ihr vorbei und wetteiferten darin, wer von ihnen zuerst das Dach erreichte.

*

Schon seit zwei Monaten arbeitete Ann-Katrin Scheffler im Zuge ihres Freiwilligen Sozialen Jahres für ein Kinderhilfswerk in der Hauptstadt des Inselstaates Haiti. Da sie Kinder über alles liebte, hatte sie sich dafür entschieden, dorthin zu gehen, wo die Not am größten war und die Ärmsten der Armen lebten. Und seit sie in einem Magazin in Deutschland über das Elend der sogenannten *Restaveks* gelesen hatte, war es für sie klar gewesen, dass sie nach Haiti gehen musste. Diese *Restaveks* – die kreolische Bezeichnung leitet sich aus *rester avec* (frz.: bei jemandem bleiben) ab – sind Kinder, die im Haushalt fremder sogenannter Adoptiveltern schuften – ohne Lohn, nur gegen Kost und Logis. Viele von ihnen werden misshandelt, einige fast täglich geschlagen. Sogar sexueller Missbrauch ist nicht selten. Manche von ihnen sind erst fünf, sechs Jahre alt. Sie werden von ihren bitterarmen Familien auf dem Land in die Stadt geschickt, zu völlig fremden Menschen, denen es meist auch nicht viel besser geht, die das Kind aber wenigstens ernähren können. Daneben hoffen die leiblichen Eltern – meist vergeblich –, dass ihr Kind auch zur Schule gehen kann.

Seit zwei Jahren war dieses Kinderhilfswerk, dem sich Ann-Katrin angeschlossen hatte, dabei, durch Spendengelder

Heime für solche *Restaveks* aufzubauen. In diesen wurde nicht nur für Unterkunft und das leibliche Wohl der Kinder gesorgt, sondern auch für deren schulische Ausbildung.

Auch einige junge Männer aus anderen Nationen waren unter den freiwilligen Helfern in Port-au-Prince. Daher hegte Ann-Katrin die leise Hoffnung, unter ihnen vielleicht den Mann kennenzulernen, der ihre familiären Vorstellungen und Ziele, selbst einmal Kinder zu haben, teilte.

*

Einerseits freudig erregt, andererseits besorgt schloss Jaques Lafayette seine Marie in die Arme. Gerade hatte sie ihm unter Freudentränen gestanden, dass sie erneut schwanger war.

„Wann … wann ist es so weit? Wann kommt das Kind?“, stieß er hervor und kam dabei ins Stottern, so sehr hatte ihn Maries Geständnis aufgewühlt.

„Ich glaub, ich bin im dritten Monat oder so“, antwortete sie und wickelte sich verlegen eine Haarsträhne um den Finger.

Jaques rechnete nach. „Im Juli?“, folgerte er.

Marie nickte und zuckte zugleich mit den Schultern. „Hm …“

Dass sich seine Familie so schnell vergrößerte, damit hatte Jaques nicht gerechnet und das brachte sein Konzept ein wenig durcheinander. Auf der anderen Seite hatte er als Strandwärter im *Kyona Beach Club* in der Nähe der Stadt einen festen Job. Der bestand darin, für die wohlhabenden Gäste Liegen und Sonnenschirme aufzustellen, die Segelboote und Jetskis zu verleihen, Schmuck-, Sonnenbrillen- und sonstige Verkäufer vom Strand fernzuhalten und dergleichen. Die Bezahlung war nicht gerade üppig, doch dafür hatte er ein geregeltes Einkommen und konnte so seine Familie ernähren. Daneben bekam er von der einen oder anderen Dame, die ihm in eindeutiger Absicht einen verführerischen Augenaufschlag zuwarf, hin und wieder ein Trinkgeld zugesteckt. Doch Jaques hatte es bisher noch immer geschafft, standhaft zu bleiben. Ihm half dabei ein Standardsatz, mit dem er sich stets gut aus der Affäre zu ziehen wusste: „So sorry, aber Chef will nicht, dass Privat und Job mixen." Welche Dame hätte ihm schon das Gegenteil beweisen können?

Als Jaques' Vater die Familie verließ, war er gerade mal zwölf Jahre alt gewesen, ein Alter, in dem ein Junge seinen Vater eigentlich besonders braucht. Zwölfjährige Söhne sind der Mutter längst entwachsen und orientieren sich jetzt umso mehr am Vater. Wenn sie denn einen haben. Jaques hatte aber keinen und sich daher schon als Zwölfjähriger geschworen, nie so zu werden wie sein Vater, sollte er einmal eine eigene Familie haben.

Er hatte auch jetzt nicht die Absicht, dieses Gelöbnis zu brechen.

*

***Port-au-Prince, Haiti, 12. Januar 2010, 16:52 Uhr***

Während Aimee Gémin begann, auf dem Flachdach ihrer Hütte die Wäsche aufzuhängen, warf sie mit einem Auge immer wieder einen Blick auf ihre um sie herumtobenden Kinder. Und sie fragte sich nicht zum ersten Mal, was aus ihnen einmal werden würde. Beruflich, aber auch charakterlich. Würden ihre Söhne nach dem Vater kommen und ihre Frauen verlassen, sobald die Schmetterlinge im Bauch zur Ruhe kamen und von einer Blüte zur anderen flattern wie Kolibris?

Und würden die Mädchen so leichtgläubig sein wie sie es gewesen war und auf die Liebesschwüre und Zärtlichkeiten des Erstbesten hereinfallen? Ihren Ältesten hatte sie schon mit knapp sechzehn bekommen; nicht wenige haitianische Mädchen werden noch früher schwanger.

Als Alleinerziehende hatte sie es nicht leicht, in der Millionenstadt sechs hungrige Kinder und sich selbst durchzubringen; ganz zu schweigen vom Schulgeld. Da der Schulbesuch in Haiti auch an öffentlichen Schulen Geld kostet, haben auch heute noch ein Viertel aller Kinder keinen Zugang zu Bildung. Von Aimees Kindern durften nur die beiden Jungs zur Schule gehen. Für alle sechs konnte sie das Schulgeld nicht aufbringen.

Und vom Staat hatte sie keine Unterstützung zu erwarten.

Zum Glück hatte sie ein paar Quadratmeter fruchtbaren Bodens um ihre Hütte herum und konnte dort Gemüse anbauen, das sie an einem kleinen Stand an der Straße vor ihrem Grundstück verkaufte. Sie zog Kartoffeln, Süßkartoffeln, Karotten, Zucchini, Salat, Erbsen, Zwiebeln, Zuckerrüben, Maniok, Brokkoli und Karfiol. Und manchmal half sie auch bei einem Bäcker in der Nähe als Verkäuferin aus.

So kam sie einigermaßen über die Runden.

Wenigstens hatte sie ein festes Dach über dem Kopf. Ihr Mann hatte das Haus nach ihrem dritten Kind eigenhändig gebaut. Zwar entsprach es nicht unbedingt den üblichen Baustandards, aber bis jetzt hatte es allen Stürmen standgehalten.

Vor drei Jahren dann hatte ihr Mann von heute auf morgen und ohne ein Wort des Abschieds – wie Zehntausende anderer Männer ebenfalls – das Land verlassen, um in der Dominikanischen Republik Arbeit zu suchen.

Eigentlich war er ja gar nicht ihr richtiger Mann gewesen. Denn sie hatten nie geheiratet. Nur etwa zwölf Prozent aller Paare in Haiti sind verheiratet. Frei zusammenzuleben war hier die Regel und …

In ihre Gedanken hinein hörte sie plötzlich ein Pfeifen, so laut und schrill, wie sie es noch nie zuvor gehört hatte.

Aufgeschreckt hob sie den Blick und schaute über die Stadt.

*

Ann-Katrin Scheffler erhob sich vom Bett und trat ans Fenster. Das Haus lag an einem Hang im Stadtteil *Baillergeau*. Von hier oben hatte sie einen herrlichen Blick über fast die ganze Stadt. Ihr Blick schweifte nach links über den Friedhof *Grand Cemetière* zum Hafen mit dem Fährterminal, und rechts ganz im Hintergrund konnte sie im Dunst gerade noch den Flughafen erkennen, auf dem sie vor acht Wochen gelandet war.

Ann-Katrin schaute auf ihre Armbanduhr: 16:52. Dann war es zu Hause – sie rechnete rasch nach – jetzt kurz vor elf Uhr abends. Sie fragte sich, ob ihre Mutter gleich nach dem Telefonat zu Bett gegangen war. Schmunzelnd dachte sie daran, dass ihre Eltern – besorgt wie Eltern halt so sind – bis zuletzt versucht hatten, ihr davon abzuraten, das Freiwillige Soziale Jahr in Port-au-Prince zu leisten. „Kind“, hatte ihre Mutter gejammert und die Hände über dem Kopf zusammengeschlagen, „warum musst du ausgerechnet in ein Land fahren, das ständig von Katastrophen heimgesucht wird? Denk nur an die vielen … wie heißen diese Stürme gleich wieder? … Hurrikane. Und hatten die nicht auch schon das eine oder andere Erdbeben? Muss es denn ausgerechnet dieses Land sein? Denk an das Sprichwort: ‚Wer sich in Gefahr begibt, kommt darin um.‘“

Doch ihr Chef hatte ihrer Mutter auf deren Rückfrage versichert, dass das Haus des Kinderhilfswerks, in dem Ann-Katrin und die anderen Mitarbeiter wohnen würden, ein erdbebensicher erbautes Haus sei. Das wiederum habe ihm die Firma zugesichert, die das Gebäude errichtet hatte. Angeblich solle es Erdstößen bis zu einer Stärke von 7 auf der Richterskala standhalten.

Ann-Katrin hoffte im Stillen, dass es nie erforderlich sein würde, den Beweis dafür zu erbringen.

Während ihr Blick nun aus der Ferne zurückkehrte und sie eine ihrer Nachbarinnen dabei beobachtete, wie diese, umgeben von einer Horde um sie herumtobender Kinder, Wäsche auf dem Flachdach aufhängte, vernahm sie urplötzlich ein besorgniserregendes Pfeifen.

*

Jaques Lafayette war froh, dass er sein Haus von vornherein so geplant hatte, dass er ohne Mühe weitere Räume anbauen konnte. Damals, zu Hause bei seiner Mutter, hatte er die Enge gehasst. Sie alle, vier Kinder und die Eltern, später nur noch die Mutter, hatten in einem einzigen Raum von vier mal sechs Metern gehaust, der Wohn- und Schlafzimmer sowie Küche in einem war. Tagsüber wurden die Matratzen – richtige Betten gab es nicht – an einer Wand gestapelt, und wenn sie nachts auf dem Boden ausgebreitet waren, war kaum genügend Platz gewesen, um zwischen ihnen hindurchzugehen, musste man mal nach draußen.

Damals hatte er sich geschworen, dass seine Kinder einmal ein eigenes Schlafzimmer haben würden. Besser sogar zwei, nach Jungen und Mädchen getrennt.

Spontan beschloss er, nach draußen zu gehen und mit Steinen und Stangen schon mal die Umrisse des Anbaus abzustecken. Später dann wollte er Marie dazuholen und ihr sein Vorhaben zeigen.

Als er aus dem Haus trat, hörte er mit einem Mal ein ohrenbetäubendes Pfeifen. Irritiert schaute er zum Himmel.

*

***Port-au-Prince, Haiti, 12. Januar 2010, 16:53 Uhr***

Im Bruchteil einer Sekunde schwoll das Pfeifen immer stärker an … und dann brach die Hölle los. Ann-Katrin Scheffler spürte einen Stoß, als wäre eine Bombe von gewaltigem Ausmaß mitten in Port-au-Prince detoniert. Schlagartig bewegte sich das Haus, die ganze Umgebung um sie herum, Putz bröckelte von Wänden und Decke, Staubwolken wirbelten auf und vernebelten die Sicht. Ann-Katrin sah, wie die Frau, die eben noch ihre Wäsche aufgehängt hatte, auf dem schwankenden Dach die Arme hochriss und versuchte, sich schützend über ihre vor Angst brüllenden Kinder zu werfen. Ihre Schreie konnte sie mehr sehen als in diesem infernalischen Lärm hören. Ringsum krachten Gebäude ein, fielen Hütten in sich zusammen wie Kartenhäuser; Menschen, die Gesichter grau von Staub, rannten schreiend und ziellos durcheinander. Über die Straße sah Ann-Katrin den jungen Mann, der erst vor wenigen Sekunden aus dem Haus getreten war, auf dem Absatz kehrtmachen und in das schon bedenklich schwankende Haus rennen. Gleich darauf stürzte er wieder heraus und zerrte eine junge Frau an der Hand hinter sich her. Schreiend rannten die beiden mit anderen die Straße den Berg hinauf in weniger bewohntes Gebiet.

Im nächsten Moment fiel ihr Haus krachend und in einer großen Wolke grauen Staubs in sich zusammen.

Die Wäschefrau lag noch immer über ihre sechs Kinder gebeugt, wie eine Henne über ihre Küken, die Arme wie Flügel weit ausgebreitet auf dem schwankenden Dach. Sie wirkte wie gelähmt, konnte sich anscheinend nicht bewegen und Ann-Katrin hoffte, dass die Hütte der Belastung standhielt.

Ein nächster Erdstoß. Wieder stürzten Gebäude und Hütten ein. Jetzt endlich rappelte die Wäschefrau sich auf, brüllte ihren Kindern etwas zu, das Ann-Katrin nicht verstehen konnte, und scheuchte sie die Treppe hinunter. Unten nahm sie das kleinste Mädchen auf den Arm und im Gänsemarsch rannten alle bergauf. Beim dritten Erdstoß nur wenige Sekunden später fiel auch ihre Hütte in sich zusammen.

Dann, auf einen Schlag, war Stille. Als habe jemand einen Schalter umgelegt. Von jetzt auf gleich. Doch die Stille dauerte nur Sekunden. Dann hörte man von überallher verzweifelte Hilfeschreie, Menschen rannten wie verloren über Geröllberge, andere versuchten mit den bloßen Händen im Schutt zu wühlen und Verschüttete zu bergen.

Sirenen heulten. Hier und da loderten Feuer auf.

Wie versteinert klammerte sich Ann-Katrin am Fensterbrett fest, mit blassem Gesicht und verstörtem Blick, und starrte nach draußen auf das Chaos um sie herum. So weit sie blicken konnte nur Schutt und Staub.

Ann-Katrin drehte sich um, lehnte den Rücken an die Wand und schlug ihre Hände vors Gesicht.

Dann brach sie weinend zusammen.

*

***Port-au-Prince, Haiti, 20. Januar 2010, 21:20 Uhr***

Nach einem Zwölfstundentag fiel Ann-Katrin Scheffler fix und fertig in einen Sessel im Gemeinschaftsraum ihrer Unterkunft. Bevor sie gleich unter die Dusche ging, wollte sie zum ersten Mal an diesem Tag ein wenig Ruhe tanken. Seit der Katastrophe vor acht Tagen war sie täglich zehn bis zwölf Stunden im Einsatz gewesen, sogar am Wochenende.

Mit einem tiefen Atemzug schloss sie die Augen und streckte alle viere von sich.

Inzwischen hatte sie auch schon mehrere Male mit ihren Eltern telefoniert und ihnen versichert, dass sie wohlauf und ihr nichts passiert sei. Dass sie und auch das Haus wie versprochen das Erdbeben heil überstanden habe. Dennoch, oder gerade jetzt erst recht, wolle sie hierbleiben, um vor Ort helfen zu können. Denn hier werde jede helfende Hand mehr gebraucht denn je.

Nachdem sie sich ein paar Minuten ausgeruht hatte, rappelte sie sich auf, um zum Badezimmer zu gehen und zu duschen. Dabei fiel ihr Blick auf eine Zeitung vor ihr auf dem Tisch. Es war eine Ausgabe des in unregelmäßigen Abständen und immer mit einigen Tagen Verspätung hier ankommenden Kölner Rheinanzeigers. Heute, über eine Woche nach der Katastrophe, war, wie sie gleich erkannte, wohl diejenige angekommen, die über das Erdbeben in Haiti berichtete. Denn die Überschrift *Tod im Paradies* sprang Ann-Katrin förmlich ins Gesicht.

Mit zitternden Fingern griff sie nach dem Blatt und begann zu lesen:

*Am 12. Januar verwandelt sich Haitis bevölkerungsreichste Region, die Hauptstadt und Millionenmetropole Port-au-Prince, um exakt 16:53 (Ortszeit) in wenigen Sekunden in ein Leichen- und Trümmerfeld. Das Erdbeben, das die karibische Republik auf der Insel Hispaniola trifft, ist mit Stärke 7 auf der Richterskala eines der schwersten in der Menschheitsgeschichte. Rund 1,5 Millionen Einwohner in einem der ärmsten Länder der Welt verlieren ihr Zuhause. Die Zahl der Toten schwankt zwischen 220.000 und 500.000, so genau weiß das niemand. Denn bei Temperaturen um 40 Grad Celsius bleibt keine Zeit, sie zu identifizieren. Zu Tausenden werden sie in Massengräbern verscharrt oder auf Müllkippen verbrannt. Die Überlebenden vegetieren unter desolaten Bedingungen dahin, sauberes Wasser ist für die meisten Mangelware. Man geht davon aus, dass mindestens ebenso viele Menschen verletzt wurden.*

*Als die ersten ausländischen Hilfskräfte eintreffen, herrscht ein einziges Chaos. Mit bloßen Händen graben Mitarbeiter von Rettungsdiensten und Einheimische im Schutt nach Überlebenden und Leichen. Schweres Gerät ist über die zerstörten Straßen nur schwer heranzuschaffen. Regierung und Behörden sind unfähig, die aus aller Welt angebotenen Rettungsmaßnahmen zu koordinieren, was häufig zu lähmendem Kompetenzgerangel führt. Außerdem nutzen Kriminelle den Zusammenbruch der öffentlichen Ordnung zu Gewalt, Plünderungen und schwunghaftem Kinderhandel.*

*Trotz der gefährdeten Lage – mehr als ein Dutzend Erdbeben haben Haiti allein in den vergangenen 300 Jahren getroffen – war das politisch labile Land nicht im Geringsten auf eine Katastrophe vorbereitet. Pläne der Regierung für den Notfall existieren nicht.*

*Bei der verheerendsten Erdbebenkatastrophe seit der Zerstörung Tangshans in China 1976 stürzten ganze Stadtteile von Port-au-Prince ein; ebenso der Präsidentenpalast und die Cathédrale Notre-Dame de L'Assomption. Dabei kam das Beben mit einer Magnitude von 7,0 auf der Richterskala für die Fachwelt nicht überraschend – eine wissenschaftliche Veröffentlichung zwei Jahre zuvor hatte vor der Gefahr gewarnt.*

*Dass es in Haiti zu einer der größten Erdbebenkatastrophen der Menschheitsgeschichte kam, hat eine ganze Reihe von Ursachen. Zum einen die fehlenden Bauvorschriften, schlechtes Baumaterial und …*

Ann-Katrin wischte sich über die Augen und legte die Zeitung aus der Hand. Der Zeitungsbericht hatte erneut die schrecklichen Bilder vor ihr inneres Auge gezerrt, die sie seit jenem verhängnisvollen Tag nicht vergessen konnte und die sie geradezu verfolgten. Immer und immer wieder hatte sie sich das Hirn zermartert, ob und wie dieser Super-GAU hätte verhindert – oder zumindest gemildert – werden können. Dabei war ihr aufgegangen, dass vor allem die miserable Bauausführung der meisten Gebäude das Ausmaß dieser gewaltigen Katastrophe begünstigt hatte. Bestes Gegenbeispiel war ja das Haus, in dem sie sich selbst gerade befand. Also war es doch möglich, weitgehend erdbebensicher zu bauen. Sie erinnerte sich an TV-Reportagen aus Japan, die ebenfalls von gewaltigen Erdbeben berichtet und in denen die Gebäude zwar gewackelt hatten, nicht aber zusammengestürzt waren.

Und zum wiederholten Male fragte sie sich, warum nicht mehr Häuser in Port-au-Prince dementsprechend errichtet worden waren. Lag es an der Unfähigkeit der Stadtverwaltung? An Korruption? An der Gleichgültigkeit der Politiker der einfachen Bevölkerung gegenüber? Oder woran?

Da erinnerte sie sich an einen Satz, den sie gerade gelesen hatte. Sie nahm noch einmal die Zeitung zur Hand, suchte und fand die Zeile: *Dabei kam das Beben mit einer Magnitude von 7,0 auf der Richterskala für die Fachwelt nicht überraschend – eine wissenschaftliche Veröffentlichung zwei Jahre zuvor hatte vor der Gefahr gewarnt.*

Demnach hätte die Katastrophe also verhindert werden können, oder wäre zumindest nicht so verheerend ausgefallen, wenn die Behörden, die Stadt, wer auch immer dafür zuständig war, diese Warnung beachtet hätten. Wären diese Verantwortlichen nur klug gewesen und hätten richtig reagiert. Oder den Menschen geholfen, stabile und erdbebensichere Häuser zu bauen. Und sie musste wieder an das Bild vom Hausbau denken, das ihr aus der Bibel bekannt war und die Worte Jesu. Da, in Matthäus, Kapitel sieben, stand es schwarz auf weiß: „Wer diese meine Worte hört und danach handelt, ist wie ein kluger Mann, der sein Haus auf Fels baute. Als nun ein Wolkenbruch kam und die Wassermassen heranfluteten, als die Stürme tobten und an dem Haus rüttelten, da stürzte es nicht ein; denn es war auf Fels gebaut. Wer aber meine Worte hört und nicht danach handelt, ist wie ein unvernünftiger Mann, der sein Haus auf Sand baute. Als nun ein Wolkenbruch kam und die Wassermassen heranfluteten, als die Stürme tobten und an dem Haus rüttelten, da stürzte es ein und wurde völlig zerstört“ (V. 24–27).

Ann-Katrin barg ihren Kopf in den Händen. Und sie fragte sich, was aus ihrer Nachbarin geworden war, der Mutter mit den sechs Kindern, die gerade beim Wäscheaufhängen war, als das Erdbeben losbrach; sie hatte sie seit jenem Tag nicht mehr gesehen. Wo waren sie untergekommen? Oder der junge Mann, der mit seiner Frau gerade noch rechtzeitig sein Haus verlassen hatte; was war aus ihm geworden? Er war am nächsten Tag noch mal zurückgekommen, hatte im Schutt nach Verwertbarem gesucht. Doch er hatte nicht viel gefunden. Danach hatte sie ihn nie mehr gesehen.

Wer weiß, vielleicht würde sie die Frau oder den Mann ja doch noch eines Tages wiedersehen, sagte sie sich. Dann stand sie auf und ging hinüber ins Badezimmer, um sich mit dem Staub des Tages auch ihre Sorgen abzuduschen.

# Mama Luise

Als Luise den festlich geschmückten Saal betrat, brach das Gemurmel der Menge abrupt ab. Dabei strahlte die kleine Person in ihrem schlichten hochgeschlossenen schwarzen Kostüm alles andere aus als Autorität gebietende Strenge. Im Gegenteil: Ihr schüchternes Lächeln und ihre hellwachen Augen in ihrem rundlichen Gesicht gaben ihr etwas Mütterliches, zu dem man sich vom ersten Augenblick an hingezogen fühlte. Ihr graues Haar hatte sie zwar zu einem strengen Knoten gebunden, doch auch der konnte den Wunsch, sie in den Arm zu nehmen und herzlich zu drücken, nicht verhindern.

Aller Augen ruhten auf ihr, während ihr Blick suchend umherschweifte. Unschwer war ihr anzusehen, dass sie so viel Aufmerksamkeit weder gewohnt noch diese ihr angenehm war. Schüchtern, den Kopf etwas zwischen die Schultern gezogen, grüßte sie nach links und rechts. Als schließlich ein groß gewachsener Mann um die vierzig mit einem breiten Lächeln im Gesicht auf sie zukam, erhellte sich ihre Miene. Nach einer kurzen Umarmung begleitete er sie zu einem Stuhl in der Mitte der ersten Reihe. Nebeneinander nahmen die beiden Platz.

Gleich darauf setzten die vom städtischen Theater engagierten Musiker mit dem Streichquartett Nr. 12 in Es Dur, op. 127, von Ludwig van Beethoven ein und gaben damit der Veranstaltung den erwünschten festlichen Rahmen. Nachdem das

Orchester das Stück beendet hatte und mit Applaus bedacht worden war, erhob sich der Mann, der Luise begrüßt hatte, und trat vor das Mikrofon an einem etwas erhöhten Rednerpult. Nachdem er mit „Test, Test“ und mehrmaligem Klopfen auf das Mikrofon dessen Funktionstüchtigkeit überprüft hatte, räusperte er sich noch zwei-, dreimal. Sofort wurde die Menge wieder leise.

„Herzlich willkommen, meine sehr verehrten Damen und Herren, liebe Freunde“, begann er und senkte den Blick anschließend auf die erste Reihe. „Und besonders du, liebe ‚Mama‘ Luise“, fügte er mit einem warmen Lächeln hinzu. „Für alle, die mich noch nicht kennen sollten: Meine Name ist Tom Werner und ich bin der Leiter unseres Hilfswerks. Und in dieser Funktion habe ich heute eine traurige, aber auch freudige Pflicht zu erfüllen. Traurig, weil ich einen Menschen verabschieden muss, der mir und vielen von uns in all den Jahren ans Herz gewachsen ist“ – er legte seine rechte Hand auf seine Brust – „sehr ans Herz gewachsen. Es ist aber auch eine freudige Pflicht. Denn viele der hier Anwesenden, mich eingeschlossen, haben in all diesen Jahren tagaus, tagein ein so großes Maß an Liebe erfahren, dass sie zu glücklichen Erwachsenen heranwachsen konnten. Der Grund dafür bist du, liebe Mama Luise. Ja, das haben sie dir zu verdanken.“ Applaus erfüllte spontan den Raum und er machte eine kleine Pause, während er über die klatschende Zuhörerschar blickte.

„Lassen Sie mich für alle, die Luise nicht so gut kennen wie wir vom Hilfswerk Salvator Kinderdorf, etwas weiter ausholen. Luise Reinicken kam vor 45 Jahren als knapp 21-Jährige hierher, nachdem sie selbst eine schwere Kindheit und Jugend hinter sich hatte. Deine Geschichte ist zwar kein Geheimnis, dennoch möchte ich sie, mit deiner Erlaubnis, liebe Luise, hier nun noch einmal kurz skizzieren: Luise kam als Tochter einer Fünfzehnjährigen unehelich zur Welt, was auch heute noch kein leichter Umstand ist, aber zu Beginn der Fünfzigerjahre einer Katastrophe gleichkam. Das Jugendamt – damals wurde nicht lange gefackelt – nahm der Mutter die Tochter kurzerhand weg und gab sie in eine Pflegefamilie, die jedoch nur am Pflegegeld interessiert war, weniger am Kind. Mit vierzehn riss Luise dann von zu Hause aus, weil ihr Pflegevater sich ihr in eindeutiger Absicht zu nähern versucht hatte. Nachdem sie zwei Wochen auf der Straße gelebt hatte, griff eine Polizeistreife sie auf und das Jugendamt wollte sie in ihre Pflegefamilie zurückschicken. Sie wehrte sich mit Händen und Füßen. Im wahrsten Sinne des Wortes. Als sie eine Mitarbeiterin des Jugendamtes tätlich angriff und dabei verletzte, steckte diese sie in ein Heim für Schwererziehbare. Mit fünfzehn riss sie von dort nach einiger Zeit erneut aus und lebte die nächsten Jahre vom Betteln und unter Obdachlosen. Erst als sie volljährig wurde, bis 1975 war das mit einundzwanzig, traute sie sich aus dem Untergrund. Ungefähr zu dieser Zeit hatte sie zum ersten Mal den entscheidenden Gedanken. Denn in den Jahren als Obdachlose hatte sie so viele gestrandete Kinder und Jugendliche kennengelernt, so viele herzzerreißende Schicksale miterlebt, dass sie beschloss, diesen Kindern ihr Leben zu widmen und Kinderdorfmutter zu werden."

Beifall brandete auf und Werner machte eine Pause. Luise war der Applaus sichtlich peinlich; verlegen senkte sie den Kopf und schaute auf ihre im Schoß verschränkten Hände.

„Getreu dem Leitbild der Salvator-Kinderdörfer: ‚Wir geben in Not geratenen Kindern eine Familie. Wir helfen ihnen, ihre Zukunft selbst zu gestalten'", fuhr er fort, „hat sie bis zum heutigen Tag Hunderte von Kindern großgezogen. Und sie hat sie nicht nur großgezogen, nein, sie war für die Kinder auch das, was diese nie hatten: eine liebevolle Mutter, ‚Mama Luise'. Sie hat ihnen so etwas wie eine Familie gegeben. Hat sie zu empathischen Menschen erzogen. Und einige dieser Menschen sitzen heute hier und möchten sich bei dir, liebe Luise, bedanken."

Wieder brandete Beifall auf und Luise sank vor lauter Scham noch tiefer in ihren Stuhl. Eine leichte Röte überzog ihr Gesicht und sie senkte den Kopf.

Als sie wieder aufsah, stand ihr ein anderer Mann mittleren Alters am Rednerpult gegenüber. Überrascht riss sie die Augen auf. „Mein Kuschelwuschel!", entfuhr es ihr und vor lauter Schreck über ihren Ausbruch schlug sie sich die Hand vor den Mund.

Der Mann schmunzelte. „Ja, so hast du mich immer genannt, Mama Luise. Und ich geb's zu: Ich hab gern mit dir gekuschelt. Du warst der erste Mensch, der mich je in den Arm genommen hat. Und damals war ich immerhin schon sieben. Danach war ich richtig süchtig nach deinen Umarmungen. Weißt du noch, wie ich dir oft nachgelaufen bin, dich angebettelt hab, auch wenn du mitten in einer Arbeit gesteckt hast und gar keine Hand frei hattest?"

Wieder schoss Luise Röte ins Gesicht und sie nickte verlegen.

„Komm, Mama Luise, lass uns noch einmal kuscheln."

Und schon stand er vor ihr und zog sie in seine Arme.

Knallrot im Gesicht legte Luise ihre Arme um den mehr als einen Kopf größeren Mann und drückte ihn an sich.

Sein strahlendes Gesicht sagte mehr als tausend Worte und die Menge applaudierte.

Als sich Luise wieder gesetzt hatte, trat eine junge Frau ans Rednerpult. „Liebe Mama", begann sie. „Du hast nicht nur einen selbstbewussten, sondern auch fröhlichen Menschen aus mir gemacht. Du hast mir auch so viele Werte vermittelt, dass ich heute nicht nur als deine ‚Tochter' vor dir stehe, sondern, wie du ja bereits weißt, auch als deine Kollegin. Ja" – sie schaute in die Runde der Zuhörer – „ich bin ebenfalls Kinderdorfmutter geworden. Denn diese Frau hier" – dabei deutete sie auf Luise – „hat mir klargemacht, dass Kinderdörfer Kindern den geschützten Raum geben, der ihnen von ihren Familien verwehrt wurde, der ihnen aber zusteht, damit sie kindgerecht aufwachsen können."

Unter Beifall trat sie ab, ging zu Luise und umarmte sie minutenlang.

Der nächste Redner, ein mittelgroßer, schlanker Mann etwa Ende zwanzig, trat neben das Pult. „Hallo Mamutschka!", rief er und sandte ihr einen Luftkuss zu. „Schau, was aus deinem ehemaligen Chaosbär geworden ist." Dabei drehte er sich einmal um die eigene Achse und trat dann hinter das Mikrofon. Er trug einen modischen blau-grauen Havana mit Weste, ein Hemd in gebrochenem Weiß mit langem Kragen und einen dunkelgrauen schmalen Schlips. An den Füßen mausgraue Slipper, keine Socken.

Luise riss ungläubig die Augen auf. „Bist … bist du das wirklich?", entfuhr es ihr.

Der Mann lachte. „Ja, ich bin's wirklich. ‚Chaosbärchen', so hast du mich immer genannt, weil ich nichts auf die Reihe gekriegt hab. Aber während des Studiums, als ich dann auf eigenen Füßen stand, ist mir klar geworden: In kaum einem anderen Land sind die Zukunftsperspektiven junger Menschen so stark von der sozialen Herkunft abhängig wie in Deutschland. Und dann hab ich mich am Riemen gerissen. Du weißt ja, wo ich herkomme", sagte er an sie gewandt. Dann blickte er seine Zuhörer an. „Ich stamme vom Strich", sagte er und schmunzelte über die erschreckten Gesichter, die ihn jetzt anstarrten. „Meine Mutter war eine Prostituierte, die ihr Gewerbe zu Hause betrieb. Bis zu meinem sechsten Lebensjahr lebte ich bei ihr. Natürlich bekam ich ihre täglich oft mehrmals wechselnden Männerbesuche mit, kam damit aber überhaupt nicht zurecht. Ich wurde zum Bettnässer, schlug im Kindergarten grundlos um mich und verletzte andere Kinder. Es gab sogar Anzeigen gegen sie. Irgendwann, als wir wieder einmal beim Jugendamt vorgeladen waren, gab sie vor, auf die Toilette zu müssen, und haute klammheimlich einfach ab. Ja" – er schaute in die Runde – „sie ließ mich dort allein auf dem Flur zurück."

Empörtes Gemurmel kam auf.

„Dann", fuhr er fort und sah Luise mit einem liebevollen Lächeln an, „kam ich zu meiner ‚Mamutschka'. Ich weiß nicht mehr, wo ich diesen Begriff für dich aufgeschnappt hab, aber er schien mir von Anfang an passend zu sein. Für mich drückt er auch heute noch all das aus, was eine fürsorgliche, liebevolle Mutter ausmacht. Sie hatte unendliche Geduld mit mir. Es dauerte zwei Jahre, bis ich trocken war. Und ein weiteres Jahr, bis ich ihr so weit vertraute, dass ich ihr alles erzählte. Und heute?" Er breitete die Arme aus. „Heute bin ich IT-Manager bei einem großen Computer-Konzern. Fliege zwischen Silicon Valley, Singapur und Frankfurt hin und her. Und das hab ich alles nur dir zu verdanken, Mamutschka. Komm, lass dich drücken."

Strahlend ging er auf sie zu, zog sie unter dem Beifall des Publikums hoch und drückte ihr einen Kuss auf den Scheitel.

Und so ging es fast endlos weiter. Während der nächsten zweieinhalb Stunden traten weitere Männer, Frauen, Mädchen und Jungen aller Altersklassen zwischen acht und fünfzig ans Mikrofon und berichteten von dem, was sie Mama Luise zu verdanken hatten und bedankten sich bei ihr. Zwischendurch trat der hauseigene Kinderchor auf, um durch ein Ständchen etwas Abwechslung zu schaffen.

Zum Schluss trat Tom Werner wieder ans Pult. „Wie ich eingangs bereits angedeutet habe, bin ich ebenfalls ein ‚Kind' von Mama Luise. Auch wenn ich in den letzten Jahren als Leiter dieses Kinderdorfs ihr Vorgesetzter war, fühle ich mich nach wie vor als ihr Sohn. Sie hat es verstanden, getreu dem Bibelwort von Jesus Christus ‚Wer ein solches Kind aufnimmt in meinem Namen, der nimmt mich auf' zwischen ihr und allen ihren ‚Kindern' eine starke Bindung aufzubauen, wie sie bei einer leiblichen Verwandtschaft kaum stärker sein könnte. Daneben steht Luise für mich auch als Vorbild für die vielen Hundert weiteren Kinderdorf-Mütter, die tagtäglich ihre Liebe an Kinder verschenken. An Kinder, die ohne eine solche Liebe aufgewachsen sind und ohne sie seelisch, viele wohl auch körperlich, zugrunde gehen würden. Dabei hat sie in der ihr eigenen Bescheidenheit all die Jahre nie ein Aufhebens von ihrer Leistung gemacht und ihr Licht im wahrsten Sinne des Wortes unter den Scheffel gestellt, so wie es bei Matthäus 5,14–15 heißt. Aber, ich denke, dass Sie mit mir einer Meinung sind, wenn ich sage: Es ist höchste Zeit, dass dieses

Licht hervorgeholt und für alle sichtbar auf ein Podest gestellt wird. Mama Luise, bitte komm noch einmal hier vorne auf die Bühne."

## aerger-mit-zuhause.de/forum

***max** (Gast)*
***Ich hab die Schnauze voll :-(***
*« am: 25. Juni 2013, 22:19:42 »*

Hi, Leute,
ich heiße Max, bin 18 und hab die Schnauze voll. Aber so was von! Es ist nämlich so: Ich und mein älterer Bruder arbeiten in der Hoch- und Tiefbau-Firma unseres Vaters. Der Laden läuft, die Auftragslage ist prima. Das bedeutet: jeden Tag Überstunden. Neun, zehn, elf Stunden Maloche. Und das meist sechs Tage die Woche. Auch samstags – bis du abends todmüde ins Bett fällst. Sportschau gucken? Kannste knicken! Mit der Freundin übers Wochenende mal wegfahren? Zu müde! Versteht ihr? Ich hab einfach keinen Bock mehr, für meinen Alten zu malochen, denn inzwischen ist meine Freundin auch Geschichte. Weil, wenn sie samstagabends mit mir irgendwo in den Klub ging, war ich nach 'ner Stunde schon auf Standby. Und dann konnte ich mir auch noch jedes Mal die dummen Sprüche meiner Kumpels anhören. „Hey, Alder, was bist du denn schon wieder am Abkeimen?"

und so. Und meine Freundin hat das von Mal zu Mal mehr geärgert. Sie fing dann irgendwann an, mit anderen zu tanzen. Jetzt ist sie weg. Und ich bin allein. Mit so 'nem schlaffen Typen wie mir könne sie nichts anfangen, hat sie gesagt.

Soll ich euch was sagen? Mir reicht's! Ich hab mich lang genug für den Alten krumm gemacht. Da darf ich jetzt doch auch mal an mich denken, oder? Was soll schon groß passieren? Der Firma geht's gut. Also, was haltet ihr davon, wenn ich mir einfach schon mal mein Erbe, meinen Anteil an der Firma, vorab auszahlen lasse?

Ich hab ausgerechnet, das müssten circa zwei Millionen sein. Die zu drei Prozent angelegt macht 60.000 Euro im Jahr, also 5.000 in der Tasche im Monat. Hallo? Damit lässt es sich richtig gut leben. Und wenn die Zinsen erst mal wieder steigen, so auf vier, fünf Prozent, wie vor ein paar Jahren … oh Mann … ohne Maloche! Wenn ich das Grundkapital nicht anrühre, kann das auf ewig so weitergehen.

Leute, auf mich wartet das Paradies!

Ich denke, ich werde meinen Vater einfach demnächst mal fragen.

LG, max

***Ulli*** *(Moderator)*
***Re: Ich hab die Schnauze voll :-(***
*« Antwort #1 am: 27. Juni 2013, 19:21:34 »*

hi max,
kann dich gut verstehen. irgendwann sagt man sich: bis hierher und nicht weiter. und du sagst, der firma geht's gut? na, dann ist das doch ein klacks für deinen alten herrn, dir dein erbe schon mal auszuzahlen. ein kluger mann hat mal gesagt: *das leben ist schwer – ein grund mehr, es auf die leichte schulter zu nehmen.*

also max, halt dich ran!

grüße, Ulli

***max*** *(Gast)*
***Ich hab die Schnauze voll :-(***
*« Antwort #2 am: 04. Juli 2013, 18:22:02 »*

Hi, Leute,
wow! Es hat geklappt. Ich könnt krepieren vor Freude! Ob ihr's glaubt oder nicht: Mein Vater ist ganz cremig geblieben und einfach so auf meine Idee eingegangen. Ehrlich gesagt, dachte ich, er würde sagen: auf keinsten! Hatte echt Schiss, dass er mich anschreit und so. Aber nichts davon. Kein Wort. Der hat mir einfach zugehört, ohne mit der Wimper zu zucken. Und dann hat er mich für ein paar Sekunden angestarrt und nur

langsam genickt (obwohl, ehrlich gesagt, hatte ich irgendwie den Eindruck, der war traurig – aber er wollte sich nichts anmerken lassen), mir einen Scheck ausgestellt und zu seinem Telefon gegriffen. Beim Weggehen hab ich dann noch gehört, wie er mit der Bank telefonierte. Schätze, er wollte regeln, dass alles klargeht mit dem Geld und so.

Und wie! Von jetzt auf gleich Millionär. Zak! Zwei Millionen – ganz für mich allein! Leute, glaubt mir: Unbelievable! Kann mich mal bitte jemand kneifen, damit ich klarkriege, dass das hier kein Traum ist? Heute am 4. Juli 2013, am Independence Day der Amerikaner, feiere auch ich meine Unabhängigkeit. Wow! Legendär!

Und nun? Schätze, ich werde schnell ein paar Sachen packen und mich dann so bald wie möglich verdünnisieren. Ab ins Ausland, aber wo man deutsch spricht, Österreich oder so. Aber vielleicht bleib ich auch erst mal hier. Es muss nur weg von zu Hause sein …

LG, max

***Ulli** (Moderator)*
Re: Ich hab die Schnauze voll :-(
« *Antwort #3 am: 4. Juli 2013, 20:03:18* »

hi max,
gratuliere! das schafft nicht jeder: so jung und schon so reich. und dazu auch noch unabhängig. keinem rechenschaft

schuldig. da könnte man ja direkt neidisch werden. aber keine angst: ich gönn's dir von herzen. hast'n tolles, aufregendes leben vor dir. bin gespannt. halt uns auf dem laufenden!

in diesem sinne.

grüße, Ulli

***max*** *(Gast)*
***Ich hab die Schnauze voll :-(***
*« Antwort #4 am: 20. August 2013, 12:58:34 »*

Hi, Leute,
sorry, hab mich jetzt echt lang nicht mehr gemeldet. Hatte einfach zu viel um die Ohren. Aber hier bin ich und erzähl mal, was bei mir so abgeht. Also, ich bin doch nicht ins Ausland gegangen, sondern nur in eine andere Stadt gezogen. Aber doch so weit weg von meinem früheren Leben wie nur möglich. Mittlerweile hab ich mich auch schon recht gut hier eingelebt, sprich: Ich hab ein Konto eröffnet, den Scheck eingelöst, ein tolles Penthouse mit Dachterrasse gefunden, es edel eingerichtet und neue, total hippe Klamotten gekauft. Aber das Beste: Seit ich abgehauen bin, bin ich ein total anderer Mensch. Genau das Gegenteil von früher. Und ich freu mich, jeden Tag zu leben.

Übrigens: Ich bin grad erst aufgestanden. Ja, auch das gehört zu den Annehmlichkeiten meines neuen Lebens: Ich kann so lange pennen, wie ich will. Kein

Wecker mehr, der mich um 5:30 Uhr aus dem Bett schmeißt. Niemand mehr, der mir was vorschreibt oder mir sagt, wo's langgeht. Und keine nervigen Kollegen mehr, die mir den Tag versauen. Leute: Ich. Hab's. Geschafft!

Trotzdem gibt es auch bad News: vom Finanzamt. Da hatte ich überhaupt nicht mit gerechnet. Wieso auch? Da habe ich ja auch null Erfahrung. Also hab ich mir einen Steuerberater gesucht, damit der mich finanziell berät. Bei dem war ich gestern. Und der hat mir erst einmal gesteckt: Von den zwei Millionen Euro sind für mich als Sohn nur 400.000 Euro steuerfrei, aber die restlichen 1,6 Millionen muss ich mit 30 % versteuern. Macht ein Minus von 480.000. Bleiben mir also nur noch 1.520.000 Euro, was meine erhofften Zinseinkünfte auf 45.600 Euro jährlich oder 3.800 Euro pro Monat reduzieren wird. Na ja, auch nicht schlecht, aber mit 1200 Euro im Monat weniger muss ich den Gürtel schon ein wenig enger schnallen. Aber hey, was soll's? Immerhin bin ich jetzt mein eigener Herr und kann frei über meine Zeit und mein Leben entscheiden. Vielleicht lässt sich ja in Zukunft ein bisschen was dazuverdienen. Irgendwie. Aber dann bitte ohne mich dafür krummmachen zu müssen. Ich schwör!

LG, max

***Ulli** (Moderator)*
***Re: Ich hab die Schnauze voll :-(***
*« Antwort #5 am: 20. August 2013, 19:44:38 »*

richtig so, max!
lass dich bloß von solchen rückschlägen nicht unterkriegen! die gehören zum leben dazu. stehst ja immerhin noch besser da als mancher andere, der sich dafür krummlegen muss. hauptsache ist doch, dass du weiterhin frei und unabhängig bist. bin echt gespannt, wie's weitergeht mit dir. also: halt mich und deine fans auf dem laufenden!

in diesem sinne.

grüße, Ulli

***max** (Gast)*
***Ich hab die Schnauze voll :-(***
*« Antwort #6 am: 18. September 2013, 17:23:08 »*

Tolle Neuigkeiten, Leute:
Vor drei Tagen hat bei mir um die Ecke ein Spielcasino aufgemacht. Nicht ein so pompöses, eher ganz normal. Es gibt da eine Reihe von verschiedenen Geldspielautomaten, ein paar dieser „Einarmigen Banditen", einen Roulettetisch und zwei Blackjack-Tische. Jetzt mal ehrlich: Das ist doch echt die Gelegenheit, oder? Für mich jedenfalls *die* Gelegenheit, ohne viel Arbeit an Geld zu kommen.

Ich hab mich gleich am ersten Abend schick gemacht und rein in den Laden! *Warum nicht mal dein Glück versuchen*, dachte ich mir. *Hast doch bis jetzt unheimlich Schwein gehabt. Warum sollte das nicht genauso weitergehen*? Und ich hab mein Glück an einem der Spielautomaten versucht.

Und, was soll ich euch sagen, Leute? Gleich beim ersten Mal hab ich den Jackpot abgeräumt: 200 Euro. Und auch beim nächsten Automaten hat's geklappt: Wieder gewann ich den Jackpot. Unglaublich! Innerhalb von ein paar Minuten 400 Euro! Mit nur fünf Euro Einsatz! *So kann's ruhig weitergehen*, dachte ich und musste mich erst mal an die Bar setzen, so aufgeregt war ich. Ich bestellte mir einen Whiskey. Nur drei solcher Abende, rechnete ich mir aus, und ich könnte die fehlenden 1.200 Euro wieder auffüllen. Ich trank noch einen Whiskey. Bei der Glückssträhne mach ich das doch mit links, dachte ich. Und ich bestellte mir den dritten Whiskey. Dann schmiss ich 'ne Runde. Als alle mir zuprosteten, versuchte ich mein Glück erneut. Und … es war unglaublich! Wieder Jackpot! Unfassbar! Noch 'ne Runde für alle.

Am nächsten Abend, also vorgestern, war das Casino brechend voll. Anscheinend hatte es sich in Windeseile herumgesprochen, dass da einer gewaltig absahnt und Drinks ausgab. Und soll ich euch was sagen? Ich schwör, es stimmt: Wieder den Jackpot an einem der Geldautomaten. Wieder 200 Euro. Und danach hatte ich noch gute Läufe an ein paar anderen Automaten, was auch an diesem zweiten Abend insgesamt über 300 Euro brachte, wenn man die Einsätze abzog. Leute, ich konnte gar nicht fassen, wie viel Glück ich hatte. Und wie viele neue Freunde auf einmal. Auch vorgestern schmiss ich wieder ein paar Runden. Mann, was ging da ab? Die Mädels flirteten mich an und meine neuen Freunde klopften mir ständig kumpelhaft auf die Schultern. Auf einmal war ich der King!

Hey, mir fällt da gerade auf, die Headline hier stimmt ja gar nicht mehr. Denn von diesem Leben, das ich jetzt führe, hab ich alles andere als die Schnauze voll … Ach, egal, lassen wir sie halt so stehen.

Auch gestern hab ich wieder voll abgesahnt. Nicht so viel wie vorgestern. Und schon gar nicht so viel wie am ersten Abend. Nur schlappe fünfzig Euro. Aber immerhin, Kleinvieh macht bekanntlich ja auch Mist, nicht wahr? Außerdem kann ich ja auch nicht jeden Abend den Jackpot abräumen. Sonst lassen die mich am Ende nicht mehr rein.

Gleich geht es wieder los. Heute räum ich wieder ab. Muss mich nur noch schick machen, denn ich hab heute auch noch ein Date. Mal gucken, ob ich dieses blöde Sprichwort, dass der, der Glück im Spiel hat, Pech in der Liebe habe, heute Abend nicht widerlegen kann. Ich melde mich.

LG, max

***Marina Schäfer*** *(Gast)*
***Ich hab die Schnauze voll :-(***
*« Antwort #7 am: 18. September 2013, 18:03:34 »*

Hallo allerseits,
oh-oh, Max, ob das auf Dauer gut geht? Du magst ja jetzt 'ne echte Glückssträhne haben, aber es ist doch allgemein bekannt, dass am Ende *immer* die Bank gewinnt. Begnüge Dich lieber mit Deinen 3800 Euro pro Monat. Sieh mal, ich hab nur die Hälfte und komme damit gut über die Runden. Ich wollte Dich nur gewarnt haben.
M. S.

***Ulli*** *(Moderator)*
***Re: Ich hab die Schnauze voll :-(***
*« Antwort #8 am: 18. September 2013, 19:25:11 »*

hi Marina,
ja, da muss ich dir leider recht geben. die gefahr, die du siehst, besteht durchaus. allerdings hoffe ich für Max, dass es so gut weitergeht, wie es angefangen hat. deshalb @Max: halt weiterhin die ohren steif und uns auf dem laufenden!
in diesem sinne.

grüße, Ulli

***max*** *(Gast)*
***Ich hab die Schnauze voll :-(***
*« Antwort #9 am: 19. September 2013, 13:45:14 »*

*@Marina, @Ulli*:
He Leute, was soll euer affiges Gelaber? Nett, dass ihr euch um mich sorgt, aber ich bin nun mal ein Glückskind, seit ich mein Leben selbst in die Hand genommen hab. Besser, ihr findet euch damit ab!

Ich hab gestern zwar nicht so „abgeräumt", wie ich gehofft hatte, aber immerhin auch nichts verloren. Der Abend ging so plus/minus null auf. Kann ja auch mal vorkommen. Wie gesagt: Gewinne ich jeden Abend, lassen die mich nicht mehr rein.

Und sowieso pausiere ich jetzt erst mal ein paar Tage. Oder auch länger. Hab nämlich gestern die scharfe Braut klargemacht, von der ich euch erzählt hab. Also hat sich der Abend doch noch irgendwie gelohnt. Von daher hab ich jetzt was Besseres vor. Ihr versteht?

LG, max

***S.-A. Tann*** *(Gast)*
***Ich hab die Schnauze voll :-(***
*« Antwort #10 am: 22. September 2013, 07:55:30 »*

He Max,
lass dir bloß nix einreden. Der Moderator und die Tussi sind doch bloß neidisch, dass du dein Glück selbst in die Hand genommen hast. Hör nicht auf die beiden! Die sehen nur schwarz und gönnen dir nix. Ich lebe schon ein paar Tage länger auf dieser schönen Erde und kann dir aus eigener Erfahrung sagen: Man muss das Glück bei den Hörnern packen. Außerdem siehst du doch, dass der Erfolg dir recht gibt. Und wie ich dich in dieser kurzen Zeit einzuschätzen gelernt habe, wirst du auch noch dieses dämliche Sprichwort widerlegen, von wegen Glück im Spiel und Pech in der Liebe. Deswegen: Kopf hoch und mach weiter so!

Eine verdammt gute Zeit wünscht dir
S.-A. Tann

***max*** *(Gast)*
***Ich hab die Schnauze voll :-(***
*« Antwort #11 am: 04. Juli 2014, 22:33:08 »*

Hi, Leute,
ich weiß gar nicht, wo ich anfangen soll. So viel ist passiert in den vergangenen neuneinhalb Monaten. Ihr erinnert euch: Vor genau einem Jahr hat mir mein

Vater einen Scheck in die Hand gedrückt und mir damit mein Erbe ausgezahlt, das mich zu einem freien, auch finanziell unabhängigen Mann gemacht hat. Und sicher erinnert ihr euch auch, dass ich, um die Lücke zu füllen, die das Finanzamt mit seinen Steuerforderungen riss, in einen Spielcasino zocken ging. Und dass ich dort am Anfang ganz schön abgesahnt hab und bald für alle der King war.

Dann hab ich 'ne Zeit lang pausiert. Hatte 'ne heiße Braut kennengelernt. Ja, die war echt heiß. Am Anfang. Aber es stimmt schon: Liebe und Spiel vertragen sich nicht. Sie wurde mir immer langweiliger; der Drang zu spielen dagegen immer stärker. Schließlich hab ich ihr nach acht Wochen den Laufpass gegeben und bin wieder zocken gegangen.

Eine ganze Weile ging es dann auf und ab. Mal gewann ich. Mal verlor ich. Immer hin und her. Erst gewann ich viel. Dann mal mehr, mal weniger. Zum Schluss immer weniger. Und dann kam der Tag, an dem ich zum ersten Mal Geld vom Konto abheben musste, um ein Loch in meiner Kasse zu stopfen. Als mehr Geld fehlte, stieg ich um auf „Einarmige Banditen“. Bei denen war auf einen Schlag mehr zu holen. Da war dann schon mal ein Jackpot von 500 Euro drin. Ich gewann auch den einen oder anderen, doch wenn ich verlor, hob ich wieder Geld ab und steckte noch mehr Geld in die Automaten, um wenigstens den Einsatz wieder rauszuholen. Aber das klappte irgendwie immer seltener. Ich weiß auch nicht, woran es lag. Vielleicht war ich zu verkrampft.

Und so ganz, ganz langsam wurde mir klar, dass ihr doch wohl nicht so unrecht hattet, Marina und Ulli! Hätte ich mal auf eure Warnung gehört und nicht auf S.-A. Tann! Denn spätestens jetzt hätten sämtliche Alarmglocken in meinem Kopf schrillen müssen. Spätestens jetzt hätte ich meinen Verstand einschalten müssen, denn dann hätte ich das Ruder noch rumreißen können.

Doch ich war schon süchtig. Und ich hab's einfach nicht geschnallt. Oder nicht wahrhaben *wollen*. Ich hab immer weitergemacht. Immer mehr Geld vom Konto abgehoben. Und dann kam noch was Entscheidendes hinzu: Je mehr ich verlor, desto mehr kratzte das an meinem Image. Um das aber aufrechtzuerhalten und meine „Freunde" bei Laune zu halten, schmiss ich mit dem Geld nur so um mich. Nicht selten floss der Champagner in Strömen.

So viel zu „von den Zinsen leben". Heute, am 4. Juli 2014 – also nach genau einem Jahr –, beträgt mein Kontostand exakt 1.499.445 Euro und 88 Cent. Somit hab ich in den ersten zwölf Monaten nach meiner „Selbstständigkeit" nicht nur die Zinsen verbraten, sondern darüber hinaus auf meinem Konto schon ein Minus von mehr als 20.000 Euro gemacht. Was bedeutet, dass mein monatliches Einkommen aus den Zinsen um weitere 50 Euro auf knapp 3750 Euro geschrumpft *wäre, wenn* man nach wie vor 3 % Verzinsung zugrunde legen könnte.

Ja, wenn das Wörtchen „wenn“ nicht wär! Denn inzwischen gibt es nur noch 2,5 %, weil der Europäischen Zentralbank einfiel, den Leitzins zu senken, was mein tatsächliches monatliches Einkommen auf momentan knapp 3125 Euro fallen ließ. Was ich wiederum – logischerweise – durch höhere Spieleinsätze auszugleichen versuchte. Seht ihr den Teufelskreis, in dem ich inzwischen gefangen bin? Aber ich, naiv wie ich war, dachte noch so bei mir: Na ja, die 20.000 sind ja bloß ein Prozent vom gesamten Kuchen, die holst du doch mit links wieder rein, wenn dich das Glück erst mal wieder küsst. Musst einfach nur dranbleiben. Merkt ihr, wie bescheuert ich war? Da geisterten doch tatsächlich immer noch die zwei Millionen in meinem Kopf rum. (*Wie beknackt ist der denn?*, werdet ihr fragen, oder? Aber ich schwör's: es war so!)

Also Leute, verratet mir: Was um Himmels willen bleibt mir jetzt noch anderes übrig, als immer noch mehr Geld in die „Einarmigen Banditen“ zu stecken, in der Hoffnung, dass das Glück mir endlich wieder hold sein wird? Doch wenn ich ganz ehrlich bin, beschleicht mich allmählich die Furcht, dass ich aus dieser Scheiße nicht mehr rauskomme, wenn sich das Blatt nicht bald wendet. Sehr bald!

LG, max

*Ulli* (*Moderator*)
***Re: Ich hab die Schnauze voll :-(***
*« Antwort #12 am: 05. Juli 2014, 11:22:10 »*

hi max,
oh-oh, das klingt aber gar nicht gut, was du da postest. und ich will beileibe nicht den besserwisser raushängen oder den zeigefinger erheben und sagen *siehste?* oder *hättste doch!* aber es ist und bleibt eine binsenweisheit, dass man gegen die bank nicht gewinnen *kann!* ich kann dir nur den einen rat geben: hör sofort auf mit dem zocken und versuch deinen rest an geld zusammenzuhalten. ich wünsch dir jedenfalls viel glück dabei!

in diesem sinne.

grüße, Ulli

***Marina Schäfer*** (*Gast*)
***Ich hab die Schnauze voll :-(***
*« Antwort #13 am: 07. Juli 2014, 18:23:14 »*

Hallo Max,
noch 'ne Binsenweisheit: Hochmut kommt vor dem Fall. Vielleicht siehst Du es ja *jetzt* ein, dass ich und der Ulli es nur gut mit Dir meinten, als wir Dich gewarnt haben. Aber noch ist es nicht zu spät. Hör auf zu zocken! Wie gesagt: Ich muss mit 1900 Euro monatlich auskommen, und ich lebe trotzdem noch (kleiner Scherz).

Ich bete nur, dass der Leitzins nicht noch weiter gesenkt

wird. Ich arbeite bei ’ner großen Bank, weißt du? … Und man hört da so einiges munkeln.

Alles Gute für dich hofft
M. S.

***max*** *(Gast)*
***Ich hab die Schnauze voll :-(***
*« Antwort #14 am: 08. Juli 2014, 12:23:44 »*

Hi, Leute,
ich weiß ja, dass ihr’s nur gut meint mit mir, und ich weiß auch, ich stecke in einem Teufelskreis. Aber andererseits bin ich mir sicher, hundertpro sicher, dass sich irgendwann das Blatt wenden wird und ich wieder eine solche Glückssträhne habe wie am Anfang. Und glaubt mir, dann werde ich mir alles zurückholen, ich schwör. Alles! Und vielleicht sogar noch ein bisschen mehr.

Wenn es was Neues gibt, melde ich mich.

LG, max

***S.-A. Tann*** *(Gast)*
***Ich hab die Schnauze voll :-(***
*« Antwort #15 am: 08. Juli 2014, 12:38:59 »*

He Max,
gut so, mein Freund. Mach weiter so. Glaub an dich! Ich kann

mich nur noch mal wiederholen: Lass dir bloß nix einreden. Von niemand! Ich bin mir sicher, das Glück kommt zu dir zurück. Bald schon. Du musst nur noch ein bisschen Geduld haben. Ja, ich fühle es: Die Glücksgöttin Fortuna ist schon im Anflug. Bete zu ihr! Und dann: Halte durch, bis sie da ist.

Viel Glück wünscht dir
S.-A. Tann

**Marina Schäfer** *(Gast)*
***Ich hab die Schnauze voll :-(***
*« Antwort #16 am: 08. Juli 2014, 17:02:44 »*

@S.-A. Tann,
he, Mann, bist Du bescheuert? Wie kannst Du den armen Max auch noch darin bestätigen, weiterzuzocken? Das ist höchstgradig verantwortungslos! Siehst Du denn nicht, wohin das führt? Mir scheint, Du willst es drauf anlegen, dass Max ins Verderben rennt. Womöglich reibst Du Dir dabei noch heimlich schadenfroh die Hände. Was bist Du bloß für ein Mensch?
@Ulli: Kannst Du den Kerl nicht aus dem Forum schmeißen? Du bist doch der Moderator. Ulli, tu was!!!

Auf alles erdenklich Gute für Max hofft
M. S.

***Ulli*** *(Moderator)*
***Re: Ich hab die Schnauze voll :-(***
*« Antwort #17 am: 08. Juli 2014, 18:00:10 »*

@Marina,
sorry, Marina. da kann ich leider nix machen. so gern ich auch würde, ich kann S.-A. Tann nicht aus dem forum ausschließen. wir sind ein demokratischer raum, da kann jeder seine meinung sagen, solange sie nicht gegen geltendes recht oder die guten sitten verstößt. auch beleidigungen anderer sind nicht erlaubt. aber sonst? wir haben freie meinungsäußerung. tut mir leid, dass ich dir keine für dich positivere antwort geben kann.

in diesem sinne.
grüße, Ulli

***max*** *(Gast)*
***Ich hab die Schnauze voll :-(***
*« Antwort #18 am: 23. Juli 2015, 22:07:18 »*

Hi, Leute,
schon wieder ist ein Jahr rum und, was soll ich euch sagen? Es geht mir beschissener denn je! Ich bin echt verzweifelt. Immer wieder hab ich versucht, mit dem Zocken aufzuhören. Mal ging's zwei Tage gut. Mal sogar 'ne ganze Woche. Aber jedes Mal bin ich wieder rückfällig geworden und erneut in diese verdammte

Spielhölle gegangen. Sie ist wie eine Droge: Du kommst nicht mehr davon los. Und ja: Jetzt stimmt auch die Headline wieder, denn von diesem Leben, das ich zurzeit führe, das könnt ihr mir aufs Wort glauben, hab ich so was von die Schnauze voll!

Lasst mich kurz die letzten 12 Monate zusammenfassen: Nachdem es mit der heißen Braut vorbei war, bin ich wieder fast täglich zu den „Einarmigen Banditen" gegangen. Anfangs hab ich noch gewonnen, doch dann auch verloren. Irgendwann viel mehr, als ich gewonnen hab.

Da blieb mir gar nichts anderes übrig, als wieder Geld von meinem Konto abzuheben und in die Automaten zu stecken. Und nebenbei musste ich auch noch meine Freunde aushalten, damit ich weiterhin der King war.

Im ersten Jahr hatte ich schon 20.000 Euro weniger auf meinem Konto. Spätestens zu diesem Zeitpunkt hätte ich merken müssen, dass ich in eine Abwärtsspirale geraten war. Aber, ob ihr's glaubt oder nicht: Ich hab's nicht geschnallt, ganz ehrlich. Ich hoffte immer noch verzweifelt auf das große Glück und klammerte mich an die aufmunternden Worte von S.-A. Tann. Ich war mir hundertpro sicher: Irgendwann *musste* meine Glückssträhne doch wieder zurückkommen, oder?! Er hatte sie doch vorausgesehen! Gefühlt, dass Fortuna im Anflug war. Und es *konnte* ja auch nicht ewig so weitergehen.

Aber als ich mir dann vor wenigen Wochen die Kontoauszüge mal so richtig angesehen habe, ist mir schlagartig aufgegangen, dass von den ursprünglichen zwei Millionen schon fast die Hälfte fehlt. In Luft aufgelöst. Ich hab die Auszüge angestarrt wie ein Blöder und hätte mir in den Arsch beißen können vor lauter Wut über meinen eigenen Leichtsinn.

Jetzt musste Kohle ran. Egal, wie! Und ich dachte, *pfeif auf die Automaten.* Also beschloss ich vor einer Woche, ab sofort nur noch Blackjack zu spielen. Als Kind hatte ich mit meinem Bruder immer Siebzehnundvier gespielt. Und da ich schon immer gut im Bluffen war, gewann ich meistens. Blackjack ist im Grunde ja nichts anderes. *Also werde ich auch dabei gewinnen,* dachte ich. Ich spürte schon das Kribbeln in meinen Fingern, so wie damals, als ich meinen Bruder ein fürs andere Mal ausgetrickst habe.

Dem ersten Abend, dem ersten Spiel fieberte ich regelrecht entgegen. Dann war es so weit, ich saß am Blackjack-Tisch. Als die Kartengeberin mich fragte, ließ ich mir zwei Karten geben. Sie gab mir zwei Siebenen. Vierzehn Augen. Hm … sollte ich …? Ich nickte. Sie gab mir … eine dritte Sieben! Ein Siebenerdrilling. Und was soll ich euch sagen, Leute? So ging es weiter! Mal hatte ich einen Buben und ein As: 21 Augen! Mal König, Dame, As: 21 Augen. An diesem Abend verlor ich fast kein Spiel und gewann insgesamt über 5.000 Euro.

Endlich konnte ich wieder ruhig schlafen.

Auch am nächsten Abend lief's rund. Ich spürte förmlich die Gegenwart von Fortuna, so als säße sie direkt neben mir. Und ich erinnerte mich an die aufmunternden Worte von S.-A. Tann und dass ich zu ihr beten solle.

Ich schickte ihr ein Stoßgebet.

Und siehe da: Auch am dritten Abend ging ich mit Gewinnen nach Hause.

Ich war mir sicher: Meine Glückssträhne war wieder da.

S.-A. Tann hatte recht behalten.

*Halleluja!*, dachte ich. *Jetzt wird alles wieder gut, und jetzt gewinne ich das ganze verlorene Geld zurück!*

Aber wie so oft im Leben, freute ich mich zu früh. Denn leider gewann ich nur an diesen drei Abenden. Schon am nächsten Tag verlor ich alles wieder … und am Ende von nur einer Woche hatte ich weitere 20.000 Euro verspielt.

Das war gestern.

Wenn ich dran denke, fang ich jetzt wieder an zu zittern.

Besser, ich mach Schluss …

max

***Ulli*** *(Moderator)*
***Re: Ich hab die Schnauze voll :-(***
*« Antwort #19 am: 24. Juli 2015, 08:01:12 »*

hi, max,
ist ja echt krass, was du da postest. aber sag mal ehrlich, hast du wirklich nicht gecheckt, dass du dich immer tiefer in den Schlamassel manövriert hast? das hätte doch 'n blinder mit 'nem krückstock sehen müssen. aber entschuldige, wenn ich den besserwisser raushängen lasse. hinterher ist man immer klüger, wie man so sagt. bin echt gespannt, wo dich das noch hinführt.

in diesem sinne.
grüße, Ulli

***Marina Schäfer*** *(Gast)*
Ich hab die Schnauze voll :-(
*« Antwort #20 am: 24. Juli 2015, 17:33:05 »*

*@Max*: Wie meinst Du das: *Besser, ich mach Schluss …*? Hoffentlich nicht so, wie man es auch verstehen kann, oder? Max, es gibt immer einen Ausweg, hörst Du? Das Leben ist zu schön, um es einfach wegzuwerfen. Tu's bitte nicht, Max! Du bist noch jung. Hast Dein ganzes Leben noch vor Dir. Jedenfalls wünsche ich Dir alles, alles Gute und dass Du aus dieser Situation wieder rauskommst. Wenn ich Dir nur irgendwie helfen könnte!

*@Ulli*: Mann, Ulli, anstatt den armen Max aufzubauen, machst Du ihn mit Deiner Besserwisserei nur noch mehr fertig. Man sollte ihn lieber darin bestärken, nicht auf die verlogenen Versprechen von S.-A. Tann zu hören, mit dem Zocken aufzuhören und ihm klarmachen, dass „Schluss machen" keine Option ist.

Ganz liebe Grüße an Max!
M. S.

***max** (Gast)*
***Ich hab die Schnauze voll :-(***
*« Antwort #21 am: 29. Juni 2016, 22:55:30 »*

Hi,
morgen in einer Woche könnte ich meinen einundzwanzigsten Geburtstag feiern. Einen Tag, den man normalerweise mit Freunden verbringt. Doch mir ist alles andere als danach zumute. Ich bin seit Tagen ungewaschen, unrasiert, abgemagert und nur noch Haut und Knochen. Ich stinke zehn Meter gegen den Wind. Wenn mir Leute entgegenkommen, rümpfen sie die Nase, verziehen angewidert das Gesicht und wechseln schnell die Straßenseite.

Ich bin fix und fertig! Heute Morgen zitterte ich am ganzen Körper, schlug um mich und wand mich schreiend in Krämpfen. Irgendjemand hat dann einen Rettungswagen gerufen, der mich in ein Krankenhaus brachte, wo man mich notdürftig versorgte und dann ganz schnell wieder entließ.

Ich kann mir schon denken, warum …

Momentan sitze ich hier in einem Obdachlosenheim. Hier hat man mir eine warme Mahlzeit vorgesetzt – die erste seit Monaten – und ich kann das Internet nutzen. Sonst könnte ich mich gar nicht bei euch melden.

Denn inzwischen habe ich nichts mehr als die stinkenden Klamotten, die ich am Leibe trage sowie einen erheblichen Vorrat an Schlaftabletten in meinem Rucksack. Den schleppe ich immer mit mir rum. Für alle Fälle. Und eben, vor ein paar Minuten, überlegte ich mal wieder ernsthaft, ob es nicht besser wäre, die Tabletten zu schlucken. Oder sollte ich mich lieber in einem letzten heroischen Akt von einer Brücke stürzen oder mich vor einen Zug schmeißen? Das Leben, das ich jetzt führe, ist doch nicht mehr lebenswert. Wäre es da nicht besser, einfach Schluss zu machen?

Danke @ Marina und Ulli. Ihr habt mich jetzt drei Jahre lang begleitet, da schulde ich euch zumindest einen kurzen Überblick, was zuletzt alles passiert ist. Aber ich will euch nicht mit den vielen Aufs und Abs aus dieser Zeit langweilen. Tatsache ist: Kurz nach meinem letzten Post war mein Vermögen geschrumpft – bis auf ein Zehntel der ursprünglichen zwei Millionen. Könnt ihr euch das vorstellen? Ein Zehntel! Wenn ich daran denke, könnte ich auch heute noch mit dem Kopf gegen die Wand rennen.

Das Schlimmste aber war: Dieser magere Rest warf kaum noch Zinsen ab. Nur noch 0,75 % gab es von der Bank.

Damit blieben mir gerade mal 125,22 Euro im Monat. Habt ihr auch nur den Hauch einer Ahnung, was das bedeutete? Davon hätte ich *leben* sollen? Unmöglich! Denn allein meine Fixkosten verschlangen über 2300 Euro monatlich.

Eine ganze Zeit lang lebte ich praktisch nur vom Konto, dann zog ich die Notbremse: Als Erstes räumte ich mein teures Penthouse, bezog ein kleines, billiges Zimmer und verkaufte meine teuren Möbel. Dann versilberte ich nach und nach mein Auto, den Fernseher, den Kaffeevollautomaten. Zum Schluss schlief ich nur noch auf einer Matratze, mein Tisch war 'ne Apfelsinenkiste und ich hockte auf dem Boden. Ich gab das Rauchen auf und trank keinen Alkohohl mehr. Ich kündigte alle Versicherungen, selbst die Krankenversicherung. Schließlich verkaufte ich sogar Laptop und Handy. Trotzdem reichte es nicht zum Leben. Ich konnte mir kaum noch was zu essen leisten. Ich magerte ab. Bekam hohle Wangen. Tiefe Augenhöhlen. Einen krummen Rücken.

Wer mich sah, hielt mich für den Tod auf Urlaub.

Und ich musste, ob ich wollte oder nicht, weiter mein Konto plündern.

In meiner Not fing ich an, meine früheren „Freunde“ anzupumpen. Ich erzählte ihnen, dass ich kurz vor einer größeren Erbschaft stünde, an der ich sie prozentual beteiligen wolle. Mein Vater würde mich auszahlen. Als Beweis nannte ich den Namen der Baufirma meines Vaters. Ließ sie im Internet recherchieren und so die „Richtigkeit“ meiner Angaben überprüfen. Und sie sahen, dass Papas Firma gut dastand. Ich log das Blaue vom Himmel.

So kam ich im letzten Jahr mehr schlecht als recht über die Runden.

Zwischendurch hatte ich immer wieder das „ganz sichere, untrügliche Gefühl“, dass das Glück jetzt nur noch Millimeter, ach was, den Bruchteil eines Millimeters vor meiner Tür stand. Ich musste sie nur öffnen. Sofort ging ich wieder zocken. Und verlor noch mehr … Und hatte immer weniger zum Leben.

Leben? Mal ehrlich, Leute: Das war doch kein Leben mehr, oder?

Eines Nachts, als ich mich im Bett hin und her wälzte, überkam mich der Gedanke, dem ein Ende zu bereiten.

Im ersten Moment scheuchte ich den Gedanken schnell wieder fort. Andererseits, so dachte ich, wär ich all meine Sorgen auf einen Schlag los. So nach dem Motto: *Nach mir die Sintflut*. Ich müsste es nur irgendwie so hinkriegen, dass ich nicht leiden musste. Am besten einschlafen oder so. Also Schlaftabletten.

Den Rest der Nacht und die nächsten Wochen grübelte ich weiter drüber nach.

Es kam, wie's kommen musste: Allmählich begannen meine Freunde, die mir Geld geliehen hatten, die Geduld zu verlieren. Sie bedrängten mich und fragten nach, wo denn die erwartete Erbschaft bliebe. Ich musste sie immer öfter mit immer weiter herbeigeholten Ausreden vertrösten. Ich fing an, ihnen aus dem Weg zu gehen. Mich vor ihnen zu verstecken. Und verkroch mich tagelang in meinem Zimmer und öffnete niemandem.

Doch ihre Forderungen wurden immer massiver.

Bald wusste ich weder ein noch aus. Wälzte mich nachts von einer Seite auf die andere. Bekam Schweißausbrüche. Schüttelfrost.

Verzweifelt fiel ich auf die Knie und ertappte mich selbst dabei, wie ich auf einmal zu Gott schrie:

*Bitte, bitte, hilf mir!*

Überrascht über mich selbst, lauschte ich. Aber es kam keine Antwort.

*Hört er mich etwa nicht?*, fragte ich mich. *Oder will er mich gar nicht hören? – Wahrscheinlich. Hab mich ja auch nie besonders um ihn geschert.*

Nach einer Weile dachte ich resigniert: *Wenn sogar er mir nicht hilft, dann bleibt mir nichts anderes übrig, als meinem Leben ein Ende zu bereiten.* Und ich beschloss, mir von meinem letzten Geld Schlaftabletten zu kaufen.

Doch wie aus heiterem Himmel war da auf einmal eine ganz leise Stimme in meinem Ohr, kaum vernehmbar, aber doch da. Sie forderte mich auf, nach Hause zu meinem Vater zurückzukehren.

*Alles, bloß das nicht*, dachte ich. Davon wollte ich nichts hören. Wie stünde ich denn da? Vor meinem Vater? Vor meinem Bruder? Und dem Rest der Familie? Was würden die alle bloß von mir denken? – Ich, der als Millionär großspurig davongezogen war und einen auf dicke Hose gemacht hatte …

Nee, Leute, nicht mit mir.

Doch dann, vor drei Monaten, ging ich endgültig auf dem Zahnfleisch. Ich war pleite. Alles Geld war verzockt und aufgebraucht. Die zwei Millionen futsch! In nur drei Jahren.

Weil ich nun auch die Miete nicht mehr zahlen konnte, machte ich heimlich die Biege. Ich nahm nur das Allernotwendigste mit – gerade mal eine Plastiktüte voll.

In der nun folgenden Zeit, die die schlimmste meines Lebens war, irrte ich durch die Stadt, ernährte mich von Resten, die ich beim Containern in den Behältern der Supermärkte fand, schlief unter Brücken und auf Parkbänken. Lebte mit Mäusen und Ratten und anderen widerlichen Tieren auf einem Fleck und war ständig auf der Flucht vor meinen Gläubigern.

Seit drei Monaten vegetiere ich nun schon so dahin.

Bis heute.

Noch eine Woche bis zu meinem 21. Geburtstag. Ob ich den noch erlebe?

Glaub kaum.

Ich … ich kann nicht mehr.

Hoffe, ihr versteht mich …

max

***Marina Schäfer*** *(Gast)*
***Ich hab die Schnauze voll :-(***
*« Antwort #22 am: 29. Juni 2016, 23:45:08 »*

Tu's nicht, Max,
bitte tu's nicht!!! Ich hab Dir schon mal gesagt, dass das keine Lösung ist. Es gibt immer einen Ausweg. Warum hörst Du nicht auf diese Stimme in Deinem Kopf und gehst einfach zurück nach Hause? Pfeif auf Deinen „Stolz“. Auch wenn sich Deine Leute über Dich lustig machen, was soll's? Das geht vorbei. Besser als so dahinzuvegetieren. Echt: Schlimmer geht's doch nicht mehr, oder?

Ich hoffe, Du wirst noch rechtzeitig wieder vernünftig.

Meld dich wieder, ja?!

Alles, alles Liebe und Gute!
M. S.

***Ulli*** *(Moderator)*
***Re: Ich hab die Schnauze voll :-(***
*« Antwort #23 am: 29. Juni 2016, 23:49:55 »*

hi max,
hey mann, du hast doch nicht wirklich? oder doch? komm, mach kein scheiß, max. damit spaßt man nicht. wie Marina sagt: es gibt immer eine lösung. irgendeine. auch ich bin der meinung, dass du nach hause gehen sollst. wär das denn echt so schlimm? kann ich mir nicht vorstellen. denk mal darüber nach. selbst wenn deine leute lästern: lass sie. das tun männer untereinander doch immer. im grunde werden sie aber froh sein, dass du wieder da bist. glaub mir.

grüße, Ulli

***max*** *(Gast)*
***Ich hab die Schnauze voll :-(***
*« Antwort #24 am: 08. Juli 2016, 20:25:38 »*

Hi Leute,
ich hab Neuigkeiten. MEGA COOLE!!! Ich kann's noch gar nicht fassen: Ich. Bin. Wieder. Zu Hause!!!

Was sagt ihr dazu? Ist das nicht die mega-mega-coolste Nachricht ever?

Sie ist es! Und das kam so:

Im letzten Post vor gut einer Woche hab ich euch ja von dieser leisen Stimme erzählt, die immer wieder in meinem Kopf rumgeisterte und mich irgendwie anschubste, nach Hause zu gehen. – Immer und immer wieder. Sie ließ einfach nicht locker. Ich konnte gar nichts dagegen tun.

*Soll ich? Soll ich nicht?*, überlegte ich ständig. Das ging ein paar Tage so. Und Nächte. Und dann, was soll ich euch sagen? Nach dem ständigen Hin und Her war ich endlich so weit, dass ich lieber den dreckigsten Hilfsarbeiterjob auf einer Baustelle meines Vaters annehmen wollte, als noch einen einzigen Tag länger dieses Leben führen zu müssen.

*Ob er mich wenigstens als Hilfsarbeiter einstellt?*, fragte ich mich. Ich wagte aber nicht, darauf zu hoffen.

*Versuch es*, flüsterte die Stimme. *Dann weißt du es. Du bist ganz unten. Hast schließlich nichts mehr zu verlieren.*

Stimmt. Ich hatte nichts mehr zu verlieren – außer meinem Stolz vielleicht. Aber mal ehrlich, Leute, wer kann es sich schon leisten, stolz zu sein, wenn er nichts zu beißen hat? Und ich nahm mir vor, zurückzugehen. Denn plötzlich war mir klar geworden, dass ich meinen Stolz spätestens in den Müllcontainern der Supermärkte zurückgelassen hatte.

Blieb nur die bange Frage, wie meine Familie auf meine Rückkehr reagieren würde. Würden sie mich überhaupt wieder aufnehmen? Oder mich endgültig verstoßen? Aber hatte ich noch eine Wahl? – Nein!

Ich musste es drauf ankommen lassen.

*So* jedenfalls konnte ich nicht weiterleben.

Am Tag vor meinem einundzwanzigsten Geburtstag, also vorgestern, war ich dann, nach einer letzten schlaflosen Nacht, so weit: Ich wollte nach Hause. Und überlegte, wie: Es waren etwa dreihundert Kilometer zurück zu dem Haus meiner Eltern. Ich hatte kein Geld mehr, um mir eine Zugfahrkarte zu kaufen, und so wie ich aussah und stank, würde mich niemand in sein Auto einsteigen lassen. Wie also sollte ich heimkommen?

Plötzlich kam mir eine Idee: Da gab es doch an der Autobahn diesen Autohof, auf dessen Parkplatz nachts viele Lkws standen. Was, wenn ich dort einen fand, der aus meiner Heimatstadt kam? Und in den ich unbemerkt einsteigen konnte?

Gesagt, getan. Gestern früh machte ich mich auf. Und hatte wirklich Glück und fand einen Kastenwagen, dessen hintere Klappe nicht verschlossen war. Er enthielt keine Ladung. Wohl auch deswegen hatte der Fahrer ihn nicht verschlossen. Als der Fahrer ausstieg und zu dem Toilettenhäuschen ging, enterte ich das Fahrzeug. Kurz darauf fuhr der Wagen los.

Diese dreihundert Kilometer als blinder Passagier auf der harten Pritsche eines Kastenwagens waren wie Urlaub in der Karibik gegen das Leben, das ich in den letzten Monaten geführt hatte. Mit Freude und Angst fieberte ich dem Moment entgegen, meinen Vater wiederzusehen.

Nach mehreren Stunden Fahrt hielt der Wagen plötzlich an. An der leicht wippenden Bewegung spürte ich, dass der Fahrer ausstieg. Eine Tür wurde zugeschlagen. Schritte entfernten sich.

Nach einer Weile öffnete ich vorsichtig die Tür. Und erkannte, dass ich tatsächlich in meiner Heimatstadt war. Schnell sprang ich aus dem Wagen und machte mich zu Fuß auf den Weg zu meinem Elternhaus.

Ich war noch etwa zweihundert Meter vom Haus entfernt, konnte es am Ende der Allee schon erkennen, als ein PKW auf mich zugerast kam. Mein Herz fing an wie wild zu schlagen und meine Schläfen pochten, denn ich erkannte den Wagen. Und ja: Kaum hielt er an und ich hörte das Ratschen der Handbremse, sprang mein Vater aus dem Wagen, lief auf mich zu und schloss mich in seine Arme.

Ich weiß nicht mehr genau, was er als Erstes sagte, denn ich war so überwältigt davon, dass er mich, entgegen meiner Scheißangst und obwohl ich stank wie ein Iltis, an seine Brust drückte und auf den Kopf küsste.

Ich will es kurz machen, Leute, denn jetzt wisst ihr ja, dass meine Geschichte gut ausging:

Mein Vater hatte in all den Jahren so oft wie möglich mit dem Fernglas am Fenster nach mir Ausschau gehalten, denn er hatte gehofft, dass ich eines Tages wiederkommen würde. Und als er mich dann gestern erkannte, hielt ihn nichts mehr im Haus. Und, stellt euch vor: Für den morgigen Samstag plant er eine

Riesengeburtstagsparty, zu der er unsere ganze Verwandtschaft und alle meine früheren Freunde einlädt. Und er versprach, nur das Beste aufzutischen.

Gestern Abend nahm ich erst mal ein ausgiebiges Bad und mein Vater ließ mir von seinem Herrenausstatter neue, schicke Klamotten liefern.

Noch eine kleine Episode am Rande: Während ich so in der Badewanne chillte und mein Glück noch gar nicht fassen konnte, hörte ich meinen älteren Bruder heimkommen. Vater überraschte ihn sofort mit der Nachricht über meine glückliche Rückkehr und dass am Samstag eine Geburtstagsparty zu meinen Ehren stattfände. Doch mein Bruder motzte nur rum, was das denn solle, schließlich hätte ich mein ganzes Geld auf den Kopf gehauen und für ihn habe mein Vater noch nie eine Party geschmissen. Da sagte mein Vater etwas, das ich nie vergessen werde: „Sohn, du bist immer bei mir gewesen und teilst hier alles mit mir. Was mir gehört, gehört auch dir. Aber jetzt lass uns feiern, denn dein Bruder war so gut wie tot. Und jetzt ist er wieder da."

Und jetzt noch der absolute Hammer: von wegen Hilfsarbeiter: Vater will mir meinen alten Job zurückgeben und ich soll wieder ein vollwertiges Mitglied seiner Firma sein.

Sagt, Leute, ist das nicht krass?

LG, max

*Ulli (Moderator)*
***Re: Ich hab die Schnauze voll :-(***
*« Antwort #25 am: 08. Juli 2016, 21:10:55 »*

hi max,
hey mann, echt 'ne krasse story, die du hier geteilt hast. und herzlichen glückwunsch, dass sie doch noch so gut ausging! ich freu mich sehr für dich! halt die ohren steif und pass auf dich auf.

in diesem sinne.
grüße, Ulli

***Inspiratio*** *(Gast)*
***Re: Ich hab die Schnauze voll :-(***
*« Antwort #26 am: 09. Juli 2016, 09:03:25 »*

Hi zusammen,
Glückwunsch, max! Ich bin noch ganz neu hier im Forum, schau mich mal so um und hab deine Story, max, gestern Abend mal ganz gelesen. Erinnert mich irgendwie an eine ganz ähnliche Geschichte. Hast du 'ne Bibel? Sonst lies mal unter *www.bibelserver.de* bei Lukas 15,11–32 nach. Da scheint dein Vater ja ganz schön bibelfest zu sein, wenn er für dich so 'ne Antwort auf Lager hat.

Bleib sauber!
I.

# Froschblut

Unser Sohn Tomas – inzwischen schon über fünfzig und bereits mit grauen Schläfen gesegnet – hat eine Professur für Germanistik und Philosophie an einer Universität in Süddeutschland. Da Hunderte von Kilometern zwischen uns liegen, taucht er nur noch selten bei uns zu Hause auf. Wobei – was heißt zu Hause? Er hat ja längst ein eigenes Heim mit Frau und zwei erwachsenen Kindern, Sohn und Tochter, von denen Letztere gerade dabei ist, ihr eigenes Nest zu bauen. Doch heute konnten wir ihn und unsere Schwiegertochter Karin nach langer Zeit endlich wieder einmal in die Arme schließen. Und da es ein herrlich warmer Sommerabend war, trugen wir die Kühlbox auf die Terrasse und warfen den Grill an.

Während die Damen den Tisch deckten und schon mal mit einem Glas Sekt anstießen, standen Tom und ich am Grill, jeder eine Flasche Bier in der Hand und fachsimpelten über die richtige Art, ein Steak zu grillen. Methoden und Meinungen für die richtige Zubereitung gibt es ja viele und ich war ganz ungeduldig, ihm von einem Grilltest zu berichten, den ich erst neulich gelesen hatte.

Doch irgendwie merkte ich, dass mein Sohn – sonst ein begeisterter Hobbykoch – nicht ganz bei der Sache war. Immer wieder runzelte er die Stirn und schien mit seinen Gedanken weit weg zu sein. Ich stellte meine Flasche ab, trat neben ihn an seine Seite und legte ihm besorgt meine Hand auf die Schulter. „Hey, was ist los mit dir, Tom?“, sprach ich ihn an und kniff die Brauen zusammen. „Irgendwie scheinst du heute mit den Gedanken ganz woanders zu sein. Ärger zu Hause? Mit Karin? Den Kindern?“

Er schüttelte den Kopf. „Nein, weder noch. Dort ist alles im grünen Bereich.“

„Aber?“, fasste ich nach.

Er zuckte mit den Schultern und winkte resigniert ab.

„Nun drucks nicht so herum“, forderte ich und stieß ihn leicht vor die Brust. „Los, Butter bei die Fische: Wo drückt der Schuh?“

Einen Moment lang sah er mich genervt an. „Ach weißt du“, sprudelte es dann aus ihm heraus. „Es ist jedes Jahr dasselbe. Und langsam macht’s mir keinen Spaß mehr.“

„Was ist?“

„Jedes Jahr zu Beginn des Erstsemesters, wenn die neuen Studenten kommen, besonders bei denen, die Philosophie auf Lehramt studieren, muss ich mich mit diesem *Froschblut* auseinandersetzen.“

„*Froschblut?*“, fragte ich irritiert.

Er grinste mit schiefem Mund. „So nenn ich die, die gleich beim ersten Mal mit einem blasierten ‚Muss-ich-jetzt-wirklich-was-tun-oder-kann-der-Prof-mich-BITTE!-in-Ruhe-lassen-Gesicht‘ aufkreuzen. Es sind meist verzogene Söhne oder Töchter aus reichem Haus, die gar nicht wirklich an einem Studium interessiert sind, und schon erst recht nicht Lehrer werden wollen, sondern nur deswegen studieren, damit Papa in seinem ‚Mein-Haus-mein-Auto-meine-Jacht-Kreis‘ auf dem

Golfplatz noch eine ‚Mein-Sohn/meine-Tochter-studiert-jetzt-übrigens-Philosophie'-Karte ausspielen kann. Oder Mutti bei ihrem nächsten ‚Mädelsabend' seufzen kann: ‚Ach, hätte *ich* nur damals diese Möglichkeit gehabt. Was aus mir alles hätte werden können.'"

„Ja, ja." Ich nickte schmunzelnd. „Die gab's zu meiner Zeit auch schon. Kann mich noch gut daran erinnern. Das sind dann die Töchter, die nur drauf warten, von einem reichen Mann weggeheiratet zu werden. Oder die Söhne darauf, dass ihnen ihre Väter ihre Firmen überschreiben. Bis dahin vertreiben sie sich als ‚Studierende' ein bisschen die Zeit an der Uni."

„Genau. Aber wenn sie sich wenigstens ruhig verhielten, könnte mir das ja noch ziemlich egal sein. Doch sie sind so was von störend in den Vorlesungen oder Seminaren. Sie nehmen das Ganze einfach nicht ernst und machen oft ihre Späße. Es sind zwar nur ein paar wenige, aber bei einem Seminar mit fünfzig Studierenden können fünf von denen schon ganz schön viel Chaos verbreiten."

„Tja, damit musst du wohl leben", meinte ich schulterzuckend und nahm einen Schluck aus meiner Flasche. „Oder du musst dir einen anderen Beruf suchen."

„Jetzt noch? Mit über fünfzig? Du machst wohl Witze."

Ich zuckte nur erneut mit den Schultern, sagte aber nichts.

„Ja, und dann gibt's da noch", fuhr er fort, „die Streber, die mich gleich nach der ersten Stunde mit Fragen bestürmen, weil sie wissen wollen, was sie sich alles an weiterführender Literatur besorgen sollen. Sie machen etwa zwanzig Prozent aus. Ich bin dann immer gleich etwas skeptisch, denn mittlerweile kenne ich ja meine Pappenheimer. Und ich muss nicht lange warten, dann ist ganz schnell, im Stress des Unialltags, der erste Elan erlahmt. Philosophie ist ja nicht ihr einziges Fach. Und leider auch nicht ihr wichtigstes", fügte er mit einem schiefen Grinsen hinzu. „Drei oder vier Wochen schleppen sie sich ins Seminar, bis er oder sie schließlich das Handtuch wirft. Meist haben solche Studenten zu viele Kurse belegt und merken ganz schnell, dass sie sich viel zu viel aufgebürdet haben und sich auf einige wenige Dinge konzentrieren müssen. Ich persönlich nenne diese Studierenden *Strohfeuer.*"

Inzwischen glühten die Kohlen und meine Frau brachte zwei Teller mit marinierten Steaks zu uns herüber, die wir auf dem Rost zu verteilen begannen.

„Na ihr beiden: Tiefschürfendes Vater-Sohn-Gespräch oder geht's mal wieder um Fußball?", wollte sie schmunzelnd wissen. Ich schloss daraus, dass unsere Damen vom Inhalt unseres Gesprächs nichts mitbekamen.

Ich zuckte mit den Schultern, verzog verschwörerisch das Gesicht und überließ es ihr, Schlüsse daraus zu ziehen.

„Interessant, deine Namensgebung", fuhr ich fort, nachdem sie uns wieder den Rücken zugekehrt hatte, und wischte mir die Hände an den Jeans ab. *„Froschblut, Strohfeuer* – Hast du noch mehr solcher kreativen Namensschöpfungen auf Lager?"

Tom nickte. „Die nächste Kategorie", antwortete er und griff wieder nach der Flasche, „sind die *U-Boote* …"

„*U-Boote*?" Ich runzelte die Stirn. „Was soll das denn heißen?"

„Dass diese Studierenden wie U-Boote nur selten auftauchen. Sie haben eine gewisse Ähnlichkeit mit den *Strohfeuer*-Studenten, nur bei ihnen ist im Gegensatz zu den anderen bereits von vornherein klar, dass sie sich zu viel vorgenommen haben. Vielleicht lag es an ihrer Selbstüberschätzung. Oder ihnen wird seitens des Elternhauses einfach zu viel abverlangt. Das fängt ja meist schon im Schulalter an: Ganztagsschule und dann Musikunterricht, Fußballverein, Selbstverteidigungskurs, Nachhilfestunden. Nicht wenige Kinder sind einfach überfordert. Und das setzt sich dann, wenn sie studieren, fort. So werden sie von der Last des Unialltags erdrückt und bekommen, bildlich gesprochen, den Kopf nicht hoch. Wie U-Boote, die nur selten auftauchen. Sie machen etwa weitere zwanzig Prozent aus."

Nachdenklich griff ich nach der Grillzange und wendete die Steaks. „*Froschblut, Strohfeuer, U-Boote* – Hm, wenn ich recht überlege", sinnierte ich und kratzte mich am Kinn.

„Dann ist was?"

„Also, wenn ich recht überlege", wiederholte ich, „erinnert mich deine Kategorisierung stark an ein Gleichnis aus der Bibel."

„Ein Gleichnis?" Das Gesicht meines Sohnes glich nun einem Fragezeichen. „Was hat denn bitte schön die Bibel mit meinen Studenten zu tun?"

„Anscheinend mehr, als du dir vorstellen kannst", entgegnete ich lachend. „Im Matthäusevangelium erzählt Jesus von einem Sämann, der seine Saat aufs Feld ausstreut. Dabei fallen einige der Samen auf den harten, trockenen Feldweg. Diese werden von Vögeln aufgepickt, bevor sie aufgehen können. Diese Körner würde ich gleichsetzen mit den Studierenden, die du als *Froschblut* bezeichnest. So wie die Vögel die Körner wegpicken, kaum, dass sie gefallen sind, prallen deine Worte an ihnen ab und erreichen sie erst gar nicht."

„Und ich soll der Sämann sein?", unterbrach Tom mich stirnrunzelnd.

„Du bist der Sämann", bekräftigte ich und nickte. „Du streust bildlich gesprochen das Wissen aus. Und dann kommen in dem Gleichnis diejenigen vor, die du als *Strohfeuer* bezeichnest", fuhr ich fort und hing die Grillzange wieder an den Haken. „Ich finde den Ausdruck übrigens gut. In den ersten Stunden fallen deine Worte bei diesen Studenten auf ‚fruchtbaren Boden', um bei dem Bild des Sämanns zu bleiben. So wie die Körner, die augenscheinlich auf gute Erde fallen. Die Saat geht erst mal auf. So sind auch diese Studierenden zuerst ‚Feuer und Flamme', bestürmen dich in ihrem Eifer und wollen mehr. Doch dann kommt der Alltag und sie sehen sich an der Uni einer Menge an Verpflichtungen gegenüber. Andere Seminare und Vorlesungen, sie wohnen nicht mehr im ‚Hotel Mama', müssen den Alltag ohne Hilfe bewältigen und so weiter ... Und wie im Gleichnis die jungen Keimlinge verdorren, weil knapp unter der Erde Fels liegt und die Pflanzen nicht tiefer wurzeln können, werfen auch sie das Handtuch und geben auf."

„Interessanter Vergleich. Und die *U-Boote*?"

„Wie du schon selbst bemerkt hast, haben sich diese Studierenden zu viel aufgeladen: Sport, Spaß, Events, Partys ... an allem wollen sie teilhaben, überall dabei sein. Oder sie haben zu viele Studienfächer nebeneinander belegt und hetzen von einem Seminar zum nächsten ... Vielleicht verlangen ihre Eltern ihnen auch einfach zu viel ab und sie glauben, deren Anforderungen gerecht werden zu müssen. Es kann vieles sein."

Tom presste die Lippen aufeinander und nickte.

„Im Gleichnis", fuhr ich fort, „ist es das Dornengestrüpp, das die Saat unter sich erstickt und nicht aufgehen lässt; bei deinen Studenten sind es die vielen To-dos und Verpflichtungen, die buchstäblich ihre Zeit auffressen."

Wieder nickte mein Sohn nachdenklich.

„Das heißt" – ich überlegte kurz, während ich die Steaks vom Grill nahm und auf einem großen Teller aufschichtete – „du kannst in etwa die Hälfte der Studierenden eines Semesters abschreiben."

„In Philosophie", bestätigte er. „In Germanistik sieht es zum Glück weniger dramatisch aus. Philosophie belegen sie ja nur als Nebenfach. Doch es stimmt, beginne ich einen Kurs mit anfangs fünfzig Studierenden, sind am Ende des Semesters noch etwa fünfundzwanzig da. Eine traurige Wahrheit."

„Warum traurig?", protestierte ich. „Sieh's doch mal positiv: Du hast pro Semester fünfundzwanzig Studierende, die du motivieren konntest und die das bei dir Gelernte in irgendeiner Form weitertragen – entweder später als Lehrer an ihre Schüler oder sie werden selbst Dozenten oder Profs und bilden wiederum Lehrer aus. Wenn jeder von denen später in ihrem Job – ich will mal bescheiden sein – wiederum im Schnitt nur zehn pro Jahr erreicht, sind das schon zweihundertfünfzig Personen, die du direkt wie indirekt gewonnen hast. Pro Jahr! Rechne das mal hoch auf zehn, zwanzig Jahre. Das, mein lieber Tom, sind die Körner, die auf guten Boden fallen und vielfältige Frucht bringen." Die Augenbrauen meines Sohnes schossen in die Höhe. „Na, wenn man das so sieht."

„Ja, so verstehe ich das", bekräftigte ich. „Und das solltest du auch tun", fügte ich eindringlich hinzu. „Immer positiv denken. Was nützt dir eine negative Sicht, wenn du damit doch nichts änderst. Ich verrate dir mal was: Ich freue mich, wenn's regnet."

„Echt!?" Tom sah mich mit großen Augen an. „Du freust dich, wenn es regnet?"

„Na klar. Denn wenn ich mich nicht freuen würde, würde es trotzdem regnen. So einfach ist das. Der Regen fragt *mich* doch nicht, ob *er* runterkommen darf. Aber meine Einstellung dazu bestimmt, ob ich bei Regen mit einem schlecht gelaunten Gesicht durch die Welt schlurfe oder den Tag trotzdem fröhlich verbringe."

„Hm." Nachdenklich kratzte sich mein Sohn am Kinn. Dann schüttelte er ungläubig den Kopf. „Von dir kann ich doch immer noch was lernen."

In mich hineinschmunzelnd klopfte ich ihm auf die Schulter. „Bin halt 'n paar Jahre älter als du", entgegnete ich feixend.

Dann griff ich nach dem Teller mit den Steaks. „Komm, geh'n wir rüber zu unseren Damen. Lass uns den Rest des Abends mit ihnen genießen."

# Zankapfel Leiharbeit

Josef „Sepp" Mayerhofer ist Unternehmer. Unternehmer im wahrsten Sinne des Wortes: Er unternimmt etwas. Und das tut er nicht, wie so viele seiner Kollegen, im östlichen Ausland oder Fernost, wo er auf billige Arbeitskräfte zurückgreifen könnte, sondern in einer Kleinstadt im Bayerischen Wald. Dort, wo sich Fuchs und Hase Gute Nacht sagen. Dort, wo es sonst keinen Unternehmer hinzieht. Wo aber Menschen wohnen, die Arbeit brauchen, um ihre Familien über die Runden zu bringen und ihre Rechnungen zu bezahlen.

Für ihn ist es eine Frage der Haltung, der inneren Einstellung, warum sich sein Unternehmen trotz der ungünstigen Lage am Rande der Republik bis heute erfolgreich am Standort Deutschland behaupten konnte. Schon früh hatte er die gegenseitige Abhängigkeit von Arbeit und Investition erkannt: Dass es nämlich nur, wenn Investitionen getätigt werden, auch Arbeit gibt. Im Gegenzug kann nur der, der Arbeit hat, auch investieren. Und ihm war schon immer klar, dass eine Wirtschaft, die diese wechselseitige Beziehung vernachlässigt, den Wohlstand ihrer Gemeinschaft gefährdet.

Mayerhofers Firma ist in der Modebranche tätig. Genauer gesagt stellt sie Sport- und Freizeitbekleidung für die ganze Familie her; die Palette reicht vom T-Shirt über Hemden und Jogginganzüge bis hin zu Nachtwäsche.

Da die Kleidungsstücke überwiegend von Hand mit der Nähmaschine gefertigt werden, beschäftigt Mayerhofer zwangsläufig hauptsächlich Frauen. Eine ganze Heerschar von Frauen. Manche von ihnen ernähren mit ihrem Verdienst ihre ganze Familie. Für die Männer der Region gibt es, außer in der immer stärker schrumpfenden Landwirtschaft, kaum Arbeit. Wobei die meisten der Frauen langjährige Mitarbeiterinnen und fest angestellt sind. In Spitzenzeiten jedoch ist Mayerhofer, wie andere Unternehmer auch, auf Zeitarbeiter angewiesen.

Und die sind immer wieder – ungewollt – Anlass für Verstimmungen. Denn Josef Mayerhofer tut etwas, was außer ihm sonst keiner macht: Er zahlt den befristeten Arbeitskräften den gleichen Stundenlohn, den auch seine fest angestellten Mitarbeiter bekommen. Für ihn gilt einfach der Grundsatz: *gleicher Lohn für gleiche Arbeit*, egal ob diese von einem Mann oder einer Frau, von Festangestellten oder Zeitarbeitern ausgeführt wird.

Über diese Regelung ihres Chefs sind die fest angestellten Mitarbeiter allerdings nicht gerade glücklich. Obwohl sie über Tarif bezahlt werden und keinen Cent mehr bekämen, wenn die anderen weniger hätten. Trotzdem meinen sie, besser als diese gestellt werden zu müssen und neiden ihren Kollegen auf Zeit, dass sie den gleichen Lohn und die gleichen sonstigen Vergünstigungen erhalten wie sie.

Und natürlich hat auch Franz Huber, der hauseigene Betriebsrat, ganz massiv etwas dagegen. Schon mehrmals hat er versucht, Mayerhofer umzustimmen und auch schon ein paarmal mit Streik gedroht. Doch Mayerhofer kennt seine Pappenheimer und weiß, dass sie niemals so weit gehen und ihren Arbeitsplatz gefährden würden und hat sich bis jetzt nicht beirren lassen.

Sogar aus der Landeshauptstadt kommen mit schöner Regelmäßigkeit Querschüsse gegen Mayerhofers Haltung. Der dortige Vorsitzende im Verband der Bayerischen Textil- und Bekleidungsindustrie e. V. (VTB), der als Arbeitgeberverband für Mayerhofers Unternehmen zuständig ist, hat schon mehrmals versucht, diesen in sein Büro nach München zu zitieren.

Vergebens. Denn Mayerhofer hat sich bisher standhaft geweigert. „Was wissen denn die großkopferten Blechköpf' in der Stadt von unseren Problemen an der böhmischen Grenz'", pflegt er zu sagen, wenn wieder mal eine Aufforderung auf seinen Schreibtisch flattert, zum Rapport bei den hohen Herrn in München zu erscheinen. Und dann zerreißt er den Brief.

Und so kam es, wie es kommen musste: Seit heute Morgen sitzen ihm Franz Huber in seiner Funktion als Betriebsrat sowie zwei dieser Großkopferten des VTB, Karl Schomburg und Xaver Maier, in seltener Eintracht in seinem Büro gegenüber und versuchen ihn davon zu überzeugen, dass er mit seinem sturen Festhalten an gleichem Lohn für gleiche Arbeit nicht nur den Unmut seiner eigenen Belegschaft, sondern über kurz oder lang in ganz Bayern und vielleicht sogar der gesamten Republik heraufbeschwöre. Frei nach dem Motto *Wenn der Prophet nicht zum Berg kommt, dann muss eben der Berg zum Propheten gehen* haben sie sich von München zu ihm auf den weiten Weg an die deutsch-tschechische Grenze gemacht.

„So können Sie nicht weiterwursteln", wettert Karl Schomburg und schlägt mit der Faust auf den Tisch. „Wie uns Herr Huber bestätigt, gärt es schon seit einiger Zeit gewaltig in Ihrem Betrieb."

Mayerhofer hebt abwehrend die Hände. „Nun mal langsam, Herr Schomburg. Erstens: Bitte hauen Sie nicht auf meinen Tisch, der hat viel Geld gekostet", fordert er. „Und zweitens: Von ‚gewaltig gären' kann bestimmt keine Rede sein. Ja, ich weiß, dass der eine oder andere mit meiner Großzügigkeit Probleme hat. Aber mit der Zeit werden sie sich schon dran gewöhnen. Worum es mir geht, ist Folgendes: Wie jeder hier im Raum weiß, bekommen Leiharbeiter in vielen Firmen, obwohl sie exakt dieselbe Arbeit verrichten wie fest angestellte Beschäftigte, für ihre Arbeit 30 bis 50 Prozent weniger Lohn. Und das halte ich schlicht und einfach nicht für gerecht."

„Gerecht. Gerecht", echauffiert sich Schomburg. „Was im Leben ist schon gerecht? Aber unser Verband lässt sich von Ihnen doch nicht den mit den Gewerkschaften mühsam ausgehandelten Tarifvertrag für Zeitarbeit kaputt machen …"

„Ich mache Ihnen doch Ihren Tarif nicht kaputt", entgegnet Mayerhofer lachend. „So größenwahnsinnig bin ich nun auch wieder nicht, mich mit Ihrem *mächtigen* Verband anzulegen."

„Schauen Sie", meldet sich nun auch Maier zu Wort, der bisher geschwiegen hatte. „Zeitarbeit, das wissen Sie so gut wie wir, gehört inzwischen untrennbar zu einem modernen und flexiblen Personalmanagement dazu. Wobei die Betonung auf ‚flexibel' liegt. Einerseits flexibel in der Zeit, andererseits aber auch in den Kosten …"

„Ja, ja, die Kosten", unterbricht ihn Mayerhofer. „Wenn Sie *Kosten* sagen, meinen Sie doch in erster Linie *Lohnkosten*, nicht wahr? Glauben Sie mir: Wenn Sie am Personal sparen, sparen Sie am falschen Ende. Und Sie können mir ebenfalls glauben, dass wir meilenweit entfernt von einer Pleite sind, obwohl wir nicht nur unseren fest angestellten Mitarbeitern, sondern auch unseren Zeitarbeitern einen angemessenen Lohn zahlen. Auch unsere Produkte sind keinesfalls überteuert. Sonst hätten wir uns gar nicht am Markt behaupten können …"

„Fragt sich nur, wie lange noch", wirft Schomburg ein. „Ich denke, wir sind uns einig, dass die Lohnkosten bei jeder Kalkulation den größten Posten ausmachen. Deshalb ist es umso wichtiger, dass sich alle unserem Verband angeschlossenen Betriebe an die mit der Gewerkschaft ausgehandelten Tarife halten. Und die sind nun mal verschieden für Leiharbeiter und Festangestellte. Das hat alles seinen guten Grund."

Mayerhofer schüttelt den Kopf. „Mit dieser Ungleichbehandlung spalten Sie die Belegschaft in zwei Lager und etablieren eine zweite Lohnlinie in den Betrieben. Wollen Sie das?"

„Das ist doch kompletter Unsinn", echauffiert sich Maier. „Wir spalten die Belegschaft doch nicht. Im Gegenteil: Wir stärken sie. Gerade für Berufsanfänger, auch für Hochschulabsolventen, ist Zeitarbeit der ideale Weg in die Berufswelt. Und vergessen Sie nicht die vielen Frauen, die vor allem nach längerer Berufspause hier wieder Fuß fassen wollen. Dann haben wir da noch die Langzeitarbeitslosen, eine Gruppe von Menschen, die ebenfalls nicht zu vernachlässigen sind und die fast nur noch durch Leiharbeit wieder zu einem Job kommen. Und es liegt doch auf der Hand, diese Mitarbeiter geringer zu entlohnen als die, die schon lange in festen Arbeitsverhältnissen sind."

Mayerhofer wiegelt mit den Händen ab. „Für eine kurze Phase der Einarbeitung will ich das gelten lassen. Zur Not. Aber sobald sie firm sind in ihrem Job, müssen sie denselben Lohn bekommen wie die fest angestellten Arbeitnehmer. Was Sie jedoch propagieren, ist Folgendes: Sie wollen diesen

Niedriglohnsektor auf Dauer etablieren. Und bauen Leiharbeiter damit zu einer Art Reservearmee auf, deren Arbeitsplätze aber nicht nur unterbezahlt, sondern auch noch vollkommen unsicher sind."

„Dafür werden aber Tausende neuer Stellen geschaffen", meldet sich nun auch Huber zu Wort.

Mayerhofer wendet sich ihm zu und schüttelt den Kopf. „Sie irren, Herr Huber. Leiharbeit schafft keinen einzigen Dauerarbeitsplatz. Im Gegenteil: Dauerarbeitsplätze werden zugunsten von Zeitarbeitsplätzen abgebaut. Es ist doch so", fährt Mayerhofer fort und wendet sich wieder allen zu, „dass immer mehr Unternehmen immer häufiger versuchen, herkömmliches Personal durch Leiharbeiter zu ersetzen. Dabei wird heimlich, still und leise nach und nach die Stammbelegschaft verdrängt. Erst neulich habe ich gelesen, dass die deutsche Industrie zusätzlichen Arbeitskräftebedarf nur in 15 Prozent der Fälle durch die Einstellung in unbefristete Stellen abdeckt, 43 Prozent durch Leiharbeit und 42 Prozent durch befristete Einstellungen. Mit anderen Worten: Von 100 neuen Arbeitsverträgen sind 85 unsicher. Die Zukunft dieser Mitarbeiter ist ungewiss."

„Sie sehen das zu schwarz", wiegelt Schomburg ab. „Für mich stellt sich das anders dar: Drei Viertel der Zeitarbeitnehmer waren vorher arbeitslos. Wenn sie nun durch Zeitarbeit einen Job bekommen, haben sie nicht nur die für viele oft unüberwindbare Hürde einer Bewerbung für die jeweilige Tätigkeit umschifft, sondern müssen ihren Arbeitgeber nur noch durch die Qualität ihrer Arbeit überzeugen ..."

„Außerdem sorgt Zeitarbeit dafür, dass die Produktion bestimmter Güter überhaupt noch in Deutschland stattfindet und nicht schon längst ins Ausland abgewandert ist", wirft Maier ein. „Aufgrund hoher Lohnabschlüsse, vor allem der IG Metall, die ja auch für unsere Branche zuständig ist, lohnen sich niedrig qualifizierte Tätigkeiten in Deutschland oft gar nicht mehr – was bedeutet, dass einfache Arbeiter auf der Strecke bleiben. Hier kommt die Zeitarbeit mit ihren eigenen Tarifverträgen ins Spiel, was durch die geringeren Lohnkosten die Produktion eines Kühlschranks oder Autos in Deutschland auf einmal wieder wirtschaftlich macht. Ohne Zeitarbeit könnten manche Produkte hierzulande gar nicht mehr hergestellt werden. Zeitarbeit sorgt dafür, dass die Gesamtkalkulation wieder stimmt – und sichert damit auch die Arbeitsplätze von Nichtzeitarbeitnehmern."

„Meine Herrn, Sie können noch so sehr versuchen, mir die Leiharbeit als Sprungbrett für Arbeitslose in eine berufliche Zukunft schmackhaft zu machen. Doch ich bleibe dabei: Zeitarbeit kann feste Arbeitsverhältnisse oder Stammbeschäftigung nicht ersetzen, sie ist lediglich ein ergänzender Baustein und kommt für mich nur in Ausnahmefällen infrage. Dann aber nehme ich mir das Recht heraus, diese Arbeitskräfte auch so zu entlohnen, dass sie ihre Familien davon ernähren können. Ich finde, es ist eine Schande für unser Land, einen Sozialstaat, wenn Menschen nicht in der Lage sind, von ihrer Hände Arbeit zu leben beziehungsweise ihre Familien zu ernähren. Wenn die Entwicklung so weitergeht, brechen unsere Sozialsysteme über kurz oder lang zusammen."

„Das halte ich aber nun doch für sehr übertrieben", wendet Maier ein.

„Finden Sie? Dass fast zwei Drittel der Beschäftigten, die in den letzten Monaten eingestellt wurden, Leiharbeiter sind, halten Sie für normal? Und dass sie aufgrund ihres geringeren Verdienstes auch geringere Beiträge in die Sozialkassen zahlen? Nicht *wollen*, sondern zahlen *können!* Nein, das ist alles andere als normal. Das ist katastrophal und zerstört auf Dauer unsere Sozialsysteme. Außerdem schafft es zwei Klassen innerhalb der Arbeiterschaft. Das kann doch niemand ernsthaft wollen."

Hilflos zuckt Schomburg mit den Schultern. „Ich sehe schon, wir werden Sie nicht umstimmen", brummt er resigniert.

„Nein", bestätigt Mayerhofer. „Denn in diesem Fall würde ich gegen unser Grundgesetz verstoßen."

„Grundgesetz?" Schomburgs Gesicht ist ein einziges Fragezeichen. „Was hat das jetzt mit dem Ganzen zu tun?"

„Ja, das würd' ich auch gern wissen", hängt sich Maier dran.

„Hä?", macht Huber nur.

„Nun, Sie kennen doch bestimmt Artikel 14", entgegnet Mayerhofer. Und als alle drei nicken, fährt er fort: „Dort heißt es unter Absatz 2: *Eigentum verpflichtet. Sein Gebrauch soll zugleich dem Wohle der Allgemeinheit dienen.* Sehen Sie, nichts anderes tue ich. Wie Sie wissen, gehört dieses Unternehmen mir. Dann gehört mir auch der Gewinn, den ich mit dieser Firma erwirtschafte und mit dem ich nach meinem Gutdünken umgehen kann. Geben Sie mir bis hier recht?"

Wieder nicken Schomburg und Maier. Huber presst nur die Lippen aufeinander.

„Ich sehe meine Verpflichtung aus besagtem Artikel 14 darin, denen, die scheinbar am unteren Ende der Hierarchie stehen, einen Teil dieses Gewinns zu geben. Außerdem", fügt er hinzu, „kennen Sie alle doch bestimmt auch das Gleichnis von den Arbeitern im Weinberg im Matthäusevangelium, Kapitel 20, Verse 1–16, oder?"

Jetzt nicken alle, auch Huber.

„Sehen Sie. Dort hat schon Jesus den Weinbergherrn sagen lassen: ‚*Nimm dein Geld und geh! Ich will nun einmal auch dem Letzten genauso viel geben wie dir. Darf ich mit meinem Besitz denn nicht machen, was ich will? Oder bist du neidisch, weil ich so großzügig bin? Ebenso wird es einmal bei Gott sein: Dann werden die Letzten die Ersten sein, und die Ersten die Letzten.*' Ich finde: Nicht anders handele ich, wenn ich den Leiharbeitern den gleichen Lohn zahle wie meinen fest angestellten Mitarbeitern. Oder sehen Sie das anders? Oder blicken Sie böse auf mich, um bei den Worten von Matthäus zu bleiben, weil ich gütig bin? Das kann ich mir beim besten Willen nicht vorstellen, oder?"

Betreten schauen sich Schomburg, Maier und Huber an. Darauf hat keiner von ihnen eine Antwort parat und sie verabschieden sich mit wenigen Worten.

# Die Hochzeit

Viele waren sich sicher: Ihre Hochzeit würde *das* Event des Jahres. Und Fans in aller Welt fieberten schon dem Datum entgegen.

Rachel, die Braut, war die einzige Tochter des milliardenschweren und erfolgreichen Filmproduzenten David S. Goldsmith aus Hollywood, der in den letzten Jahren etliche Blockbuster erfolgreich in die Kinos gebracht hatte. Er besaß mehrere Filmstudios, ein paar Restaurants sowie Hotels und arbeitete mit den bekanntesten Filmstars und Regisseuren zusammen.

Die Wurzeln der Familie Goldsmith reichen zurück ins deutsche Berlin der 1930er-Jahre. Denn ursprünglich wurde David S. Goldsmith im Berliner Scheunenviertel unter dem Namen David Shmuel Goldschmied als zweitjüngstes von acht Kindern geboren; seine Eltern waren Benjamin und Rebecca Goldschmied, die mit ihren Kindern 1933 noch rechtzeitig vor den Nationalsozialisten nach England fliehen konnten, wo sie ihren Namen in Goldsmith anglisierten. Seine Eltern und fünf seiner Geschwister blieben in England, während David nach dem Zweiten Weltkrieg mit zwei seiner Schwestern in die USA auswanderte.

Rachel – die dichten blauschwarzen Haare meist zu einer adretten Hochsteckfrisur mit seitlichen, verspielt fallenden

Locken gesteckt – sah umwerfend gut aus. Mittelgroß und schlank war sie zumindest optisch der Inbegriff einer stolzen jungen Lady. Beruflich allerdings war sie in ihren zweiundzwanzig Jahren noch nicht gerade erfolgreich gewesen. Sie hatte sich bereits in einigen Branchen versucht: eine Zeit lang als Modedesignerin, aber ihre Entwürfe waren nicht gut angekommen, um es vorsichtig auszudrücken. Auch als Sängerin konnte sie mit ihrer dünnen Stimme nicht gerade wirklich auf sich aufmerksam machen. Hier und da hatte sie auch in einigen Filmproduktionen ihres Vaters mitgewirkt, in Nebenrollen. Mittlerweile versuchte sie sich als Schmuckdesignerin, doch dort tummelten sich viele erfolgreiche Kreative und sie hatte ihre Nische noch nicht gefunden.

Kurz: Sie hatte es einfach noch nicht geschafft, irgendwo mit irgendetwas positiv aufzufallen. Doch so wie die bekannte Hoteliertochter mit dem Namen einer europäischen Hauptstadt wollte sie um jeden Preis Schlagzeilen machen. „Ich wünschte, ich könnte aus dem Schatten meines Vaters treten", seufzte sie ein ums andere Mal. „Ich will als ich selbst bekannt sein, nicht nur als Tochter meines Vaters." Mit der Hochzeitsfeier hoffte sie, diesen Durchbruch endlich zu schaffen und als Person mit außergewöhnlichen Fähigkeiten wahrgenommen und anerkannt zu werden.

Der Bräutigam hieß Sascha Copperfield – mit bürgerlichem Namen Xaver Burgmüller – und war einer der wenigen deutschen Schauspieler, die beruflich den Sprung über den großen Teich geschafft hatten und in Hollywood Fuß fassen konnten. Er war sechsundzwanzig, hatte aber schon seit Kindesbeinen in über dreißig Filmen mitgespielt, in vierundzwanzig davon in der Hauptrolle, die letzten acht in Hollywood. Er galt als *der*

*Shootingstar* schlechthin und man sagte ihm eine grandiose Karriere voraus. Er war groß gewachsen, blond und verkörperte als Naturbursche bayerischer Herkunft das Urbild des germanischen Siegfrieds. Als Kinderstar hatte er meist den süßen Frechdachs von nebenan gespielt, mittlerweile war er aber mehr und mehr in die Rolle des jugendlichen Liebhabers beziehungsweise Helden hineingewachsen.

Bei allem Kalkül – Rachel erhoffte sich von der Verbindung mit dem bekannten und beliebten Schauspieler noch mehr Aufmerksamkeit in der Society, Sascha dagegen eine engere Bindung an den Filmmogul – waren die zwei bis über beide Ohren verliebt und träumten von einer romantischen Hochzeit, am Strand unter Palmen, barfuß im Sand, weiß gewandet und mit Schmetterlingen im Bauch.

Rachels Vater, der ganz traditionell die Hochzeitsfeier finanziell ausrichtete, hatte für die Planung derselben ein vierköpfiges Team engagiert. Demzufolge würden die Feierlichkeiten im 5-Sterne-Luxushotel Grand Paradisus am Bávaro-Strand von Punta Cana in der Dominikanischen Republik stattfinden, welches die Hochzeitsplaner exklusiv für eine ganze Woche gemietet hatten. Auch der zum Hotel gehörende Strand würde für diese Zeit abgesperrt und durch gut ein Dutzend schwarz uniformierter Securitymänner bewacht werden. In dem äußerst geräumigen und romantischen Pavillon der Strandbar unter den Palmen zwischen Strand und Hotel sollte die Trauung durch den extra aus Los Angeles eingeflogenen Pastor, der vor vierzehn Jahren aus Nordhessen in die USA ausgewandert war, stattfinden und danach die ebenfalls aus Kalifornien stammende Big Band zur Unterhaltung und zum Tanz aufspielen.

Die Gästeschar war handverlesen: Eingeladen waren nur zwei Dutzend der erfolgreichsten und bekanntesten Persönlichkeiten aus Film, Politik und Business nebst ihren jeweiligen Begleitungen und die Gästeliste las sich wie das Who's who der US-amerikanischen Society. Mit der Einladung zur Hochzeit hatte jeder Gast zwei Flugtickets erhalten – selbstredend erster Klasse – nebst einer weiteren Einladung zu einem fünftägigen Aufenthalt im Hotel Grand Paradisus. Demnach würden kaum mehr als fünfzig Personen fünf Tage lang ein 350-Betten-Hotel belegen.

Umso größer erwartete man die Schar der Reporter, die sich zu den Feierlichkeiten hat akkreditieren lassen. So gut wie alle amerikanischen Fernsehanstalten und auch ein paar aus Europa und sogar aus Asien hatten ihr Kommen zugesagt. Ebenso hatten die einschlägigen Klatschmagazine angekündigt, Journalisten zu entsenden. Zur Unterbringung der Reporterschar war extra ein Nachbarhotel angemietet worden.

Es war geplant, dass das Hochzeitspaar schon zwei Tage vor den Feierlichkeiten in Punta Cana eintreffen sollte, die Gästeschar am darauffolgenden Tag, damit sich alle in Ruhe im Hotel einrichten konnten. Abends dann sollte ein Begrüßungsempfang mit Champagner mit anschließendem Dinner stattfinden. Danach wollte man früh zu Bett gehen, um am nächsten Tag frisch vor die Weltöffentlichkeit treten zu können.

*

Nun war es endlich so weit: Rachel und Sascha landeten auf dem *Aeropuerto Internacional de Punta Cana*. Eine Stretchlimousine mit livriertem Fahrer holte sie ab und brachte sie ins Hotel. Nachdem sie ihre wenigen Habseligkeiten ausgepackt hatten, trafen sie sich zu einem ausgedehnten Spaziergang am Strand.

Hand in Hand, barfuß, nur mit Bikini und Shorts bekleidet – so frei und unbeschwert hatten sie sich schon lange nicht mehr gefühlt.

Inzwischen waren auch die ersten Übertragungswagen verschiedener Fernsehanstalten eingetroffen und die ersten Reporter schwärmten um sie herum und bestürmten sie mit den aberwitzigsten Fragen. Doch das waren die beiden gewohnt, und so wimmelten sie die aufdringliche Meute mit einem Lächeln ab und verwiesen auf die Pressekonferenz, die nach der Trauung stattfinden sollte.

Am Tag vor der Hochzeit waren so viele Reporter und Fernsehteams zugegen, dass es zeitweise fast unmöglich war, das Hotel zu betreten oder zu verlassen: Überall standen Journalisten mit Mikrofonen herum, die darauf warteten, sie jemandem entgegenzuhalten, der auch nur im Entferntesten prominent aussah.

Gegen Mittag schickte man nacheinander die vielen Stretchlimousinen los, die extra angemietet worden waren, um die Gäste, die ja mit verschiedenen Maschinen eintreffen würden, vom Flughafen abzuholen.

Als der erste Wagen gut zwei Stunden später zurückkam und vor dem Hoteleingang vorfuhr, schaute ihm das Brautpaar in Erwartung seines ersten Gastes lächelnd entgegen.

Der Chauffeur stieg aus und jeder der Umstehenden rechnete damit, dass er nun zu einer der Fahrgasttüren ging, diese öffnete und das erste Promipaar ausstieg. Doch dieser verzog nur das Gesicht, zuckte hilflos mit den Schultern und hob entschuldigend die behandschuhten Hände.

Sascha und Rachel sahen sich irritiert an, dann ging Sascha selbst zum Wagen, öffnete eine der Türen und schaute hinein. Als er sich wieder umdrehte, war er kreidebleich im Gesicht. Im selben Moment klingelte sein Handy. Er zog es aus der Hose, schaute aufs Display und hielt es an sein Ohr. – Lauschte. – Runzelte die Stirn. „Das darf doch nicht wahr sein!", platzte er Sekunden später heraus und schüttelte ungläubig den Kopf. „Ausgerechnet heute. Ist das definitiv?" Erneut hörte er zu. Presste seine Lippen verbissen aufeinander und schob das Telefon in die Hose zurück.

„Was ist?" Rachel sah ihn mit weit aufgerissenen Augen an.

„Der Gouverneur hat abgesagt. Er kann nicht kommen. Seine Frau hat gestern eine Magen- und Darmgrippe bekommen."

„Was?", rief Rachel. „Ist … ist das wahr?"

„Mach ich Scherze?", blaffte er zurück.

„Mist!", zischte sie mit wutverzerrtem Gesicht. „Ausgerechnet er!" Sie hatte sich von der Anwesenheit des kalifornischen Gouverneurs und seiner Gattin auf ihrer Hochzeit ein besonders großes öffentliches Interesse erhofft, da der eher als medienscheu bekannte Mann sich sonst selten in der Öffentlichkeit blicken ließ.

Keine halbe Minute später klingelte Saschas Handy wieder. Entnervt zog er es aus der Hose, schaute aufs Display, schüttelte den Kopf und zuckte fragend die Schultern. Dann hielt er es sich ans Ohr und fragte: „Ja? Was ist?"

Ein weiterer Gast, die Frau eines Senators, war dran. „Oh I'm so sorry, Sascha-Darling", flötete sie ihm ins Ohr. „Ick bin todunglucklig. Aber … but we cannot come to dein wedding. The President has …" Und sie erzählte ihm in blumigen

Worten, dass der Präsident seinen bisherigen Berater gefeuert und ihren Mann als Nachfolger bestimmt habe und ihn umgehend, noch heute, sehen wolle. Das sei natürlich eine Super-super-super-mega-Chance für ihren Mann und die könne er sich doch nicht entgehen lassen, oder? Sie sei sicher, dass er dafür Verständnis habe und wünsche ihm und Rachel eine Super-super-super-mega-Hochzeitsfeier. „Good luck, Darling", wünschte sie noch und legte auf.

Sascha kam erst gar nicht dazu, das Telefon wegzustecken, da trudelte schon der nächste Anruf ein. Diesmal aus Detroit. Das Sekretariat des CEO von General Motors war dran. Der Boss ließe sich mit dem allergrößten Bedauern entschuldigen, aber man habe in „damned old Germany" mit dem französischen Automobilkonzern PSA endlich, endlich eine Lösung für den jahrelangen Klotz am Bein, die Firma OPEL, gefunden und nun müsse er schnellstens nach Rüsselsheim fliegen und das Geschäft perfekt machen, bevor PSA es sich anders überlegen könne. Er hoffe auf sein Verständnis und wünsche ihm, seiner Braut und seinen Gästen eine tolle, tolle Feier.

Es traf eine Hiobsbotschaft nach der anderen ein. Aus Chicago meldete sich der Boss des größten Fleischverwerters der USA, dem man hinter vorgehaltener Hand eine mehr als enge Verbindung zur Cosa Nostra nachsagte. Manche meinten sogar, er sei in direkter Linie mit Al Capone verwandt. Aber das war vielleicht auch nur ein Gerücht. Er sagte, er müsse noch heute nach Argentinien fliegen, woher er den Großteil seines Rindfleisches für die Herstellung seiner beliebten Burger beziehe. Dort sei auf einmal der Rinderwahnsinn ausgebrochen. Tausende Tiere seien betroffen und er müsse sich sofort darum kümmern. Sofort! Sorry!

Eine legendäre Filmdiva ungarischer Abstammung, die schon in den Fünfzigerjahren die Männerherzen hatte höherschlagen lassen, hatte plötzlich einen Migräneanfall bekommen und lag darnieder. Ihr achter Mann, obwohl sechsundzwanzig Jahre jünger als sie, war inzwischen auch schon weit über siebzig. Er wolle sie nicht allein lassen, sagte er.

Als die Sonne mit ihrem riesengroßen roten Ball im Meer versank, hatten sämtliche zwei Dutzend Gästepaare mit mehr oder weniger fadenscheinigen Begründungen, bisweilen auch offensichtlichen Ausreden, ihre Teilnahme abgesagt.

Saschas Wut darüber hatte ihn im Laufe des Nachmittags immer blasser werden lassen und er war drauf und dran, in seinem Hotelzimmer das gesamte Mobiliar zu Brennholz zu zerkleinern. Rachel lag seit Stunden nur noch bäuchlings auf dem Bett, trommelte mit Fäusten und Füßen auf die Matratze ein und weinte sich hysterisch die Seele aus dem Leib.

Als dann Rachels Vater am Abend nichts ahnend im Hotel eintraf und eine fröhliche Runde erwartete, bekam auch er einen Wutanfall, als er von der Katastrophe hörte. „Nu, was für eine vermaledeite Chuzpe ist das denn?", tobte er und warf anklagend die Hände in die Luft. „Was bilden diese Leite sich ein? Sind die denn auf einmal alle meschugge geworden?" Immer wenn er sich aufregte, verfiel er in einen jiddischen Singsang. „Oh, welch a Schlamassel!" Er ballte die Fäuste. „Ich sag eich: Des gibt a Zores. A gewaltig Zores werd ich machen!"

Sascha, der mittlerweile fieberhaft überlegte, wie sich der Schaden doch noch einigermaßen begrenzen ließ, schüttelte den Kopf. „Nein, bloß das nicht! Wir müssen die Sache anders anpacken", forderte er mit Nachdruck. „Wenn wir unklug reagieren, ist das für die Medien ein gefundenes Fressen. Die lachen sich doch dann bloß ins Fäustchen wegen der unerwarteten Story."

Die Presseleute hatten zum Glück von all den spontanen Absagen nichts mitbekommen. Entsprechende Nachfragen während des Tages, wo denn die Gäste blieben, hatte Sascha mit dem Hinweis abgewiegelt, dass die Hochzeit ja erst am nächsten Tag stattfände.

„Meinst du? Na gut", lenkte Rachels Vater ein. „Aber ich muss mir jetzet erst emal einen hinter die Binde gießen", polterte er und zog los in Richtung Hotelbar.

„Ja, wir werden die Sache anders angehen", nahm Sascha den Faden wieder auf, nachdem der Filmmogul die Türe hinter sich geschlossen hatte. „Und, meine Liebe, ich glaub, ich hab da auch schon eine Idee."

„Ja? Hast du?", fragte Rachel schniefend. Saschas wiedergekehrte Ruhe ließ auch sie neuen Mut fassen.

Sascha nickte. „Ich hab dir doch mal erzählt, dass ich vor zehn Jahren schon mal hier war", setzte er an. „Damals, mit sechzehn. Da hab ich nicht weit von hier ein Dorf von Einheimischen besucht, Cabeza de Toro, erinnerst du dich?"

Rachel hob eine Schulter. „Ich glaube … ja … und?"

„Dabei habe ich einen Jungen kennengelernt, Blanco, einen kleinen stämmigen Burschen mit dunkler Haut. Er war damals acht Jahre alt. Ich hatte mich am Tag zuvor im Speisesaal mit einem Lehrer angefreundet, einem Deutschen, der dieses Dorf schon einmal besucht hatte und mir davon erzählte. Als er sagte, dass er es am nächsten Tag wieder besuche, bat ich ihn, ihn begleiten zu dürfen. Er riet mir, kleine Geschenke für die Kinder mitzunehmen: kleines Spielzeug, Luftballons, Kugelschreiber, was immer ich zur Hand hätte.

Tags darauf marschierten wir los. Und ich hatte einen ganzen Beutel an Geschenken dabei, die ich am Nachmittag noch flugs bei anderen Gästen zusammengeschnorrt hatte.

Das Dorf lag damals noch gut eine Stunde vom letzten Hotel hier am Bávaro-Strand entfernt. Heute" – er lachte bitter auf – „sind die Hotels bis auf Tuchfühlung an die Einheimischen herangerückt. Neben dem letzten Hotel steht eine fünf Meter hohe Holzwand. Dahinter beginnt das Dorf. Dabei ist es schon zweimal umgesiedelt worden …"

„Umgesiedelt?", unterbrach ihn Rachel. „Wie … umgesiedelt?"

„Diese Dörfer der Einheimischen, musst du wissen, wurden meist ohne Genehmigung gebaut. Das Land in den Palmwäldern gehört niemandem und jedem, so genau weiß man das in der Regel nicht. Wie mir der Lehrer auf unserem Marsch zum Dorf berichtete, waren jedes Mal Soldaten gekommen, hatten die Einwohner verjagt und das Dorf niedergebrannt. Danach waren dann dort neue Hotels entstanden."

„Einfach so?"

Sascha nickte. „Einfach so."

„Und das geht?"

Sascha zuckte mit den Achseln. „Scheint so. Aber zurück zu Blanco. Wie gesagt, ich hatte einen ganzen Beutel an kleinen Geschenken dabei, und als wir das Dorf erreichten, strömten von allen Seiten Kinder heran. Ich wollte auch gleich mit dem Verteilen beginnen, doch da stellte sich mir Blanco in den Weg. Du musst dir vorstellen: Dieser kleine Zwerg, gerade mal etwas mehr als halb so groß wie ich, stellte sich vor mich hin und wedelte mir mit dem Finger vor dem Gesicht herum. ‚No, Señor', sagte er mit vollem Ernst. ‚You give to me (Du gibst mir).‘ Er deutete auf sich. ‚I give to children (Ich gebe Kindern).‘

Der Lehrer, der das ja schon kannte, stieß mich an. ‚Er ist der Boss hier‘, sagte er grinsend. ‚Er verteilt nach seinem Gutdünken.‘ Und alle, auch die meiner Schätzung nach zwölf- oder dreizehnjährigen Kinder, hörten auf ihn. Glaub mir, ich war baff.“

Obwohl ihr nicht zum Lachen zumute war, musste Rachel nun doch schmunzeln. „Du und baff, gibt's das?“

Sascha nickte. „Blanco müsste heute achtzehn sein“, sinnierte er. „Könnte ja sein, dass er noch in dem Dorf wohnt. Du, Schatz“ – er sprang auf – „ich zieh gleich mal los.“

„Kann ich mit?“

„Lieber nicht. Es ist bereits spät. Da haben die meisten Kerle schon was intus. Auch wenn ich dabei bin: Die wollen mit dir tanzen, machen dich an. Willst du das?“

„Brrr!“, machte Rachel bloß und schüttelte sich. „Aber verrat mir: Was hast du vor?“

„Lass dich überraschen“, sagte Sascha. Damit verschwand er grinsend und ohne ein weiteres Wort.

*

Die Trauung war für Punkt zwölf Uhr mittags angesetzt. Dafür war der Strandpavillon von den Hochzeitsplanern in eine wahre Märchenkulisse verwandelt worden. Der gesamte Boden war mit Blütenblättern bedeckt, die Säulen mit Bougainvillea umrankt, zwischen den Dachbalken quoll eine Pracht an Helkonien, Orchideen, Flamingoblumen, Ingwerblüten, Proteas, Papageienblumen, Bananenblüten und Lotusblüten hervor. Die Bar war mit dunkelblauem Samt bedeckt, auf dem sich Abertausende gelber Blüten ausbreiteten wie Sterne am Nachthimmel. Und zwischen den Säulen erhaschte man einen Blick auf das im Vordergrund fast weiße, dann zur Mitte hin türkisfarbene Meer, das zum Horizont in ein immer dunkler werdendes Aquamarin wechselte.

Um fünf vor zwölf betrat das Brautpaar den Pavillon. Sie in einem bodenlangen, weich fließenden weißen Wickelkleid mit tiefem Ausschnitt, ärmellos und mit schwarzem Gürtel um die Taille, er in einem weißen Smoking mit schwarzem Revers, darunter ein weißes T-Shirt. Beide barfuß. Sie trug die Haare heute halbseitig offen, in der Hand ein kleines Bouquet aus blassgelben Rosen und dunkelgrünen Blättern.

Der Pastor erwartete sie schon. Als er gerade zur Begrüßung des Paares ansetzen wollte, erscholl auf einmal von allen Seiten laute Merenguemusik, und mit ihr strömten bunt gekleidete junge Frauen und Männer, einige mit Musikinstrumenten, herbei, allen voran Blanco, der wie ein Honigkuchenpferd übers ganze Gesicht grinste. „Hola, Señor Sascha, you okay? You look: This all my friends you gave presents ten years ago, remember? Now we come and make happy wedding with you (Hallo, Herr Sascha. Sind Sie okay? Sehen Sie: Hier sind alle meine Freunde, denen Sie vor zehn Jahren Geschenke brachten, erinnern Sie sich? Jetzt kommen wir und machen fröhlich Hochzeit mit Ihnen)."

Schließlich stellten sich alle im Kreis um das Brautpaar auf und der Pastor vollzog die Trauung. Als er die traditionellen Schlussworte – „Du darfst die Braut jetzt küssen" – gesagt hatte, fügte er hinzu: „Ich glaube, Rachel und Sascha, heute findet hier ein Fest statt, ähnlich wie es in Lukas 14,16–24 geschrieben steht und das mit den Worten endet: *Denn ich sage euch, dass nicht einer jener Männer, die eingeladen waren, mein Gastmahl schmecken wird.* Dafür werden diese fröhlichen Menschen, die euch herzlich zugetan sind, wie unschwer zu erkennen ist, euch eine viel schönere Feier ausrichten. Also: Lasst uns feiern!“

# Streit am Silvesterabend

Silvester vor zehn Jahren: Ich erinnere mich noch an diesen Abend, als wäre es erst gestern gewesen. Nicht wegen der eisigen Kälte, die an jenem 31. Dezember herrschte. Und auch nicht wegen des vielen Schnees, der die Straßen in wahre Rutschpartien verwandelte, sondern wegen einer Meinungsverschiedenheit, die mir noch lange zu schaffen machte.

Dabei hatte der Silvesterabend so harmonisch angefangen. Nun waren es nur noch zwei Stunden, dann würden wir das neue Jahr begrüßen können. Wir saßen in unserem gemütlichen Weinkeller um einen großen Tisch und sprachen eifrig dem Raclette zu. Der Grill stand in der Mitte des Tischs, drum herum jede Menge Schälchen mit diversen Zutaten wie gedünsteten Zwiebeln, geschmorten Champignons, grünen Oliven, Ananasstückchen, Schinken- und Salamiwürfeln sowie anderen Leckereien, die zwischen die beiden Käsescheiben in die Pfännchen kamen. Dazu Schlesische Gurken und einen trockenen Rotwein … so konnte das alte Jahr ausklingen und das neue beginnen.

Wir, das waren meine Frau Lydia und ich, unsere Nachbarn Marianne und Karl-Heinz sowie Bettina nebst Martin, ihrem Mann. Wir hatten uns bereits am frühen Nachmittag getroffen, nach dem Begrüßungssekt schon das eine oder andere Gläschen Rotwein getrunken und bis jetzt jede Menge Spaß mit verschiedenen Spielen, Rätseln und kurzweiligen Kartentricks gehabt. Wir waren alle etwa im gleichen – gesetzten – Alter, und die Gespräche bewegten sich zwischen Small Talk und Anekdoten über unsere Enkelkinder.

Bis ich in diesem Zusammenhang einen Satz sagte, der Bettina aufhorchen ließ.

„Ehrlich? Du glaubst noch an Gott?", fragte sie perplex. Ihre Betonung lag auf „noch". „Mensch, Til, das hätte ich jetzt wirklich nicht gedacht." Die Augen ungläubig aufgerissen sah sie mich an, und ich erkannte die Irritation in ihrem Blick.

Ich sah von meinem Teller auf und versteifte mich. „Ja, natürlich glaube ich an Gott. Du etwa nicht?"

Bettina lachte laut auf. „Also nee, wirklich, ich mein', so … äh … rückständig sind wir schon lange nicht mehr", sagte sie und grinste ihren Mann an. „Oder, was meinst du, Martin?"

Der hob eine Augenbraue und grinste zurück, sagte aber nichts.

Ich schrieb ihre abfällige Bemerkung dem schon reichlich genossenen Alkohol zu und schluckte sie runter; ich hätte sonst beleidigt sein müssen. Doch um des lieben Friedens willen hielt ich mich zurück. Ich hatte nicht die geringste Lust, das alte Jahr mit einem Streit zu beenden.

Aber Bettina schien es nicht bei der einen Bemerkung bewenden lassen zu wollen. „Du hast das doch jetzt nicht etwa ernst gemeint", hakte sie nach. „Oder?"

Ich hatte Bettina vor etwa zwei Jahren in der Schreibwerkstatt der Volkshochschule kennengelernt. Da wir beide ausgesprochene Katzenliebhaber waren und ich ihr bei der Fertigstellung eines Buches über Katzen geholfen hatte, hatten wir uns schnell angefreundet.

„Weißt du“, antwortete ich und machte ein ernstes Gesicht, damit sie sah, dass ich es auch so meinte. „Über meinen Glauben an Gott mache ich in der Regel keine Scherze. Und deswegen rückständig fühle ich mich schon mal erst recht nicht …“

„'tschuldige“, unterbrach sie mich, konnte aber ein Zucken um ihre Mundwinkel nicht vermeiden. „Hab's nicht so gemeint. Aber du musst doch zugeben, dass spätestens seit der Aufklärung im achtzehnten Jahrhundert und mit dem Entstehen der Evolutionstheorie dein Gott irgendwie ganz schön ins Wanken geraten ist.“

„Warum sollte er?“

„Na hör mal! Du glaubst doch nicht allen Ernstes, dass dein Gott die Welt in nur sieben Tagen erschaffen hat? Wie wir heute wissen, entstand das Universum vor etwa 13,8 Milliarden Jahren durch den Urknall und die Erde vor etwas mehr als 4,5 Milliarden Jahren. Seitdem hat sie sich stets weiterentwickelt. Und der Homo sapiens ist seit rund 300.000 Jahren nachgewiesen. Wie passen denn da deine sieben Tage rein?“, wollte sie mit leicht provokantem Unterton wissen.

„Wenn du's genau nimmst, waren es sogar nur sechs Tage“, warf ich lachend ein. „Am siebten Tag hat Gott sich ja ausgeruht. Aber Scherz beiseite: Ob die sieben Tage wirklich wörtlich zu nehmen sind, darüber sind sich selbst Christen nicht ganz einig. Denn schon Petrus hat gesagt: ‚*Und ihr sollt wissen, liebe Freunde, dass ein Tag für den Herrn wie tausend Jahre ist und tausend Jahre wie ein Tag*‘ (2. Petrus 3,8). Ich persönlich bin der Meinung, dass diese sieben Tage symbolisch zu sehen sind und nur die Reihenfolge aufzeigen, in der die Welt erschaffen wurde. Und die stimmt: Zuerst entstanden Land und Meer, dann Pflanzen und Tiere und zuletzt der Mensch.

Nichts anderes sagt die Bibel. Außerdem darfst du eines nicht vergessen: Damals, als die Entstehungsgeschichte niedergeschrieben wurde, hätten die Menschen weder mit dem Urknall noch dem Homo sapiens etwas anfangen können. Es musste so geschrieben werden, dass sie es auch verstanden."

Bettina nickte und deutete mit dem Finger auf mich. „Ja, und genau aus diesem Grund ist die Bibel heutzutage überholt. Denn heute *wissen* wir, wie alles entstanden ist. Und müssen uns nicht mit irgendwelchen Märchen und Legenden zufriedengeben. Durch die Aufklärung ist die wissenschaftlich rationale Vernunft an die Stelle des Glaubens getreten."

„Wow! *Wissenschaftlich rationale Vernunft.* Wo hast du den tollen Ausdruck denn aufgeschnappt?", versuchte ich sie flapsig aufzuziehen, um das Thema gütlich zu beenden. Ich fand, wir hatten alle schon zu viel Alkohol konsumiert, um jetzt noch ein ernstes argumentatives Gespräch führen zu können. Mit einem Seitenblick auf meine Frau sah ich, dass sie innerlich am Kochen war und ich hoffte, das Gespräch wieder in seichtere Bahnen lenken zu können, bevor sie explodierte.

Doch jetzt war Bettina erst recht in Fahrt. Ohne auf meine scherzhaft gemeinte Frage einzugehen, fuhr sie mit verbissener Miene fort: „Nach der heutigen historisch kritischen Bibelauslegung – das hab ich neulich in einem Magazin gelesen – sind zum Beispiel die angeblichen Worte und Taten Jesu einfach nur Legenden, die sich ein paar Fischer beim Flicken ihrer Netze ausgedacht haben. Die ganze Bibel ist dem Artikel zufolge nichts weiter als eine Ansammlung von erfundenen Geschichten, die sich verschiedene Autoren im Laufe der Jahrhunderte ausgedacht haben, um Antworten auf die Fragen der jeweiligen Zeit parat zu haben."

So viel zu meinem Versuch, das Thema zu beenden.

„Dann haben deiner Meinung nach auch all die Wunder, die Jesus vollbrachte, nicht stattgefunden?", machte ich notgedrungen weiter. „Und die Auferstehung Jesu ist ebenfalls eine Legende?"

„Du sagst es!", entgegnete Bettina, sichtlich zufrieden darüber, dass ich in ihren Augen nun langsam einzuknicken schien. „Zum Glück ist unsere Wissenschaft ja heute endlich so weit, dass sie all diese ‚Geschichten'" – mit den Fingern malte sie Anführungszeichen in die Luft – „angefangen von der Jungfrauengeburt bis zur angeblichen Auferstehung deines Jesus ins Reich der Fantasie verbannen kann. Denn was mit …"

„… physikalischen Mitteln nicht zu erklären ist, kann es nicht geben", fiel ich ihr ins Wort, allmählich sauer über die Unverfrorenheit, mit der sie unser gemütliches Zusammensein mit ihrer aggressiven Streitsucht störte.

Karl-Heinz und Marianne hatten die ganze Zeit über schweigend zugehört. Ich sah nur aus den Augenwinkeln am Ping-Pong ihrer Blicke zwischen Bettina und mir, dass sie die Auseinandersetzung aufmerksam verfolgten.

Doch nun setzte Bettina noch eins drauf. „Til", sagte sie und grinste süffisant, „wir kennen uns jetzt gut zwei Jahre. Und ich hab dich bisher eigentlich für ziemlich intelligent gehalten. Umso mehr wundert es mich …"

In diesem Moment drehte Marianne den Ton am Radio, das die ganze Zeit leise im Hintergrund mitgedudelt hatte, auf volle Lautstärke und forderte uns lautstark auf, den Countdown bis zum Beginn des neuen Jahres mitzuzählen.

Ich fühlte mich wie vor den Kopf geschlagen. Was erlaubte sich diese Frau? *Zweifelt sie an meiner Intelligenz, weil ich an*

*Gott glaube*?, fragte ich mich. Ein Bibelwort aus 2. Timotheus 4,3 schoss mir durch den Kopf: „*Denn es wird eine Zeit kommen, in der die Menschen von der gesunden Lehre nichts mehr wissen wollen. Sie werden sich nach ihrem eigenen Geschmack Lehrer aussuchen, die ihnen nur nach dem Munde reden.*" Waren wir etwa schon so weit?

Mittlerweile war meine Feierlaune dahin. Nur am Rande bekam ich mit, wie sich alle zuprosteten und ein gutes neues Jahr wünschten. Lydia kam zu mir und umarmte mich. Schweigend schauten wir uns an und waren uns auch ohne Worte einig, dass der Abend vollkommen aus dem Ruder gelaufen war.

Karl-Heinz, Marianne, Bettina und ihr Mann verzogen sich auf den Balkon, um das Feuerwerk zu sehen. Lydia und ich schlurften nach einigen Minuten hinterher.

Als wir nach etwa zwanzig Minuten wieder ins Haus gingen, verabschiedeten sich Bettina und Martin ziemlich wortkarg; kurz darauf gingen auch Karl-Heinz und Marianne.

*

In der ersten Januarwoche gab es viel für meine Frau und mich im Haus zu tun und wir verdrängten beide den Gedanken an das misslungene Ende der Silvesternacht. Doch schon bald sollte der Disput mit Bettina zumindest mich wieder einholen.

Es war etwa zehn Tage später, als ich meinem Nachbarn Karl-Heinz beim Schneeschippen über den Weg lief. „Du, Til", sprach er mich an, verschränkte seine Hände über dem Stiel der Schneeschaufel und stützte sein Kinn darauf. „Ich wollt' dich eigentlich schon längst mal darauf ansprechen."

„Ja?"

„Das, was diese Bekannte von dir, diese Bettina, da an Silvester gesagt hat, du weißt schon, wegen Gott und so …“, druckste er herum.

„Hm, was ist damit?“

„Also, Marianne und mir hat das seit Silvester ganz schön zu schaffen gemacht“, antwortete Karl-Heinz und kratzte sich am Kopf. „Wir haben eigentlich ja auch schon lange Zweifel, ob das alles so hundertprozentig stimmt, was in der Bibel steht.“

Wir kannten Karl-Heinz und Marianne, seit sie vor gut sechs Jahren das Haus neben uns gekauft und alle ihre neuen Nachbarn zu einer Einweihungsparty eingeladen hatten. Da sie dieselbe Kirchengemeinde besuchten wie wir, hatten wir uns schnell angefreundet. Nach kurzer Zeit allerdings hatte die Häufigkeit ihrer Gottesdienstbesuche merklich nachgelassen; bis vor einem Jahr waren sie nur noch an Weihnachten und Ostern in die Kirche gegangen. Als ich Karl-Heinz einmal darauf ansprach, hatte er lapidar gemeint: „Na, weil man das halt so macht.“ Danach hatten wir die beiden zu verschiedenen Gemeindeveranstaltungen eingeladen und in letzter Zeit hatten sie den Gottesdienst auch wieder öfter besucht.

Ich dachte kurz nach, dann setzte ich an: „Weil Gott für uns nicht sichtbar ist, fragen sich viele, ob es ihn überhaupt gibt. Oder negieren von vornherein seine Existenz, wie Bettina. Ich kann dir auch keinen wissenschaftlich verifizierbaren Beweis liefern, dass Gott existiert. Das kann niemand. Aber es gibt eine ganze Reihe von Hinweisen, dass dem so ist. Ich will gar nicht die vielen Stellen in der Bibel zitieren, die auf Gott hinweisen. Da würde Bettina gleich einwerfen: *Ja, ist doch klar, dass die Bibel das behauptet*. Nein, aber du hast doch bestimmt schon mal von Nahtoderfahrungen gehört oder gelesen?“

Karl-Heinz nickte. „Ja, in 'ner Zeitschrift war da mal so 'n Artikel drin."

„Gut, dann weißt du ja, wovon ich spreche. Unzählbar viele Menschen haben solche Nahtoderlebnisse gehabt und unabhängig voneinander immer wieder von gleichen Erfahrungen berichtet, die darauf schließen lassen, dass es ein Leben nach dem Tod gibt. Ich kann dir hierzu ein wirklich gutes Buch empfehlen, das ich erst vor Kurzem gelesen habe. Es heißt *Mein Tod war mein Glück*[1]. Du und Marianne, lest das Buch, und ich bin sicher, ihr werdet mir danach recht geben: Ich brauche gar nicht mehr zu *glauben*, dass Gott existiert. Ich *weiß* es!"

Als ich die Schneeschaufel im Schuppen verstaute, kam mir aus heiterem Himmel ein Gedanke. Das, was zwischen Silvester und heute mit Karl-Heinz und Marianne passiert ist, war doch ganz ähnlich dem, was Jesus mit seinem Gleichnis vom Unkraut unter Weizen gemeint hat. Dort brachte ein Bauer guten Weizensamen auf seinem Acker aus. Während er schlief, kam sein Feind und säte Unkrautsamen mitten unter den Weizen. Beides ging zusammen auf, doch erst bei der Ernte konnte das Unkraut vom Weizen getrennt werden.

So war es auch bei Karl-Heinz und Marianne. Wir hatten den Samen gesät und die beiden nach ihrer kirchlichen Abstinenz schon wieder so weit, dass sie erneut zu glauben begannen. Dann kam der „Feind" in Form von Bettina und säte mit ihren Zweifeln Unkraut mitten unter die gute Saat. Jetzt konnte ich nur hoffen, dass Karl-Heinz und Marianne stark genug waren, um das Unkraut der Zweifel wieder „auszureißen".

---

[1] Crystal McVea: Mein Tod war mein Glück, Gerth Medien, Aßlar, 2017.

# Die neue Küche

Lange hatte das junge Paar auf sein Haus hingearbeitet. Einen Bausparvertrag abgeschlossen, das Mindestguthaben angespart und auf die Zuteilung gewartet. Dann hatte der Bauherr – er war selbst Architekt – die Planung erstellt und den Bauantrag eingereicht, ein Grundstück gesucht und mit Roh- und Ausbaufirmen verhandelt. Nach der Baugenehmigung hatte er die Werkplanung erstellt und schließlich die Restfinanzierung mit der Bank ausgehandelt. Danach hatte das Paar gerechnet und gerechnet und überlegt, welche der Arbeiten es in Eigenleistung erbringen konnte, um die Ausgaben zu minimieren.

Jetzt endlich war es so weit: Der Rohbau des Einfamilienhauses stand. Errichtet in solidem 36,5er Mauerwerk, außen mit rotbraunen Riemchen verklinkert. Das Dach war gedeckt, die Fenster – Dreifachverglasung – eingesetzt. Nun konnte der Innenausbau beginnen.

Christian, so hieß der Bauherr, war ein Einzelkind. Aber Milena – seine Frau – hatte zwei ältere Brüder, die bereits eigene Häuser besaßen, bei denen sie die Maler-, Fliesen- und Bodenlegerarbeiten in eigener Regie ausgeführt hatten. Sie sagten Christian und Milena ihre Mithilfe zu. Und als begeisterte Hobbygärtner gedachte das Paar die Außenanlagen selbst zu gestalten.

Nach und nach nahm das Haus innen Gestalt an: Während Installateur, Elektriker und Heizungsbauer am Werk waren, errichtete Christian, der während seines Architekturstudiums in den Semesterferien auf dem Bau gearbeitet und dort unter anderem mauern gelernt hatte, im Wohnzimmer einen offenen Kamin aus handgeformten Ziegeln; die Brüder von Milena strichen die Hölzer, tapezierten Wände und Decken oder versahen sie mit Strukturputz und verlegten in Bad, Gäste-WC und Küche die Fliesen. Zum Schluss wurden die Böden mit Teppichboden ausgelegt.

Eines Tages, als schon abzusehen war, dass ihr Einzug ins neue Haus nicht mehr in allzu weiter Ferne lag, saßen Christian und Milena nach dem Abendessen zusammen und rechneten aus, wie viel von dem angesparten Geld jetzt noch für neue Möbel übrig blieb. Zu ihrem Erschrecken stellten sie fest, dass das nicht mehr sehr viel war.

„Dann müssen wir eben außer den Schlafzimmermöbeln, der Wohnlandschaft und den Wandregalen fürs Wohnzimmer auch unsere alte Küche aus der Wohnung mitnehmen", schlug Christian vor.

„Wie bitte? Das ist ja mal wieder so was von ty-pisch Mann!", fauchte Milena. „Auf deinen neuen 85-Zoll-Flachbildfernseher für fast 7.000 Euro willst du nicht verzichten. Der Herr muss ja seine Bundesliga-, Champions- und Europa-Leage-Spiele unbedingt wie bei 'nem Public Viewing auf 'ner Großbildleinwand verfolgen können. Aber die Hausfrau kann ruhig in der alten Küche mit alten Geräten hantieren. Mit mir nicht!"

„Beruhige dich, Schatz", versuchte Christian seine Frau zu beschwichtigen. „In zwei, drei Jahren können wir uns bestimmt eine neue Küche leisten. Bis dahin wirst du's in der alten doch noch aushalten, oder?"

Doch mit Milena war nicht zu verhandeln. „Kommt nicht infrage", zischte sie. „Was, glaubst du, denken unsere Freunde von uns, wenn wir sie zur Einweihungsparty laden und sie sehen mich zwar im neuen Haus, aber in der alten Küche die Häppchen zubereiten? Und meinst du, ich will mich vor meinen Brüdern blamieren? Die haben jeder ihrer Frau im neuen Haus 'ne Superküche mit allem Schnickschnack spendiert. Mein Herr Gemahl dagegen baut 'nen klotzigen Kamin aus sauteuren, handgeformten Steinen und an der Küche hapert's? Nee, mein Lieber, so geht das nicht. Sieh zu, ob du anderswo was einsparen kannst. Aber auf meine neue Küche verzichte ich nicht."

Sprach's, machte auf dem Absatz kehrt und ging erhobenen Hauptes davon.

Christian furchte die Stirn und rechnete noch mal mit spitzem Stift. Er strich die Granitplatten für die Terrasse und ersetzte sie durch einfachen Waschbeton; auch das exotische Gehölz, das er im Vorgarten anpflanzen wollte, fiel seinem Stift zum Opfer. Und vielleicht konnte der Teich, den er neben der Terrasse anlegen wollte, auch noch eine Weile warten. Trotzdem: Für eine komplette neue Küche reichte es immer noch nicht.

„Du, Scha-hatz", sagte Christian am nächsten Abend nach dem Essen. „Ich hab noch mal nachgerechnet."

„Und? Ist was dabei rausgekommen?", gab Milena spitz zurück.

Christian wiegte den Kopf. „Hm, ja und nein."

„Was soll das heißen: ja und nein?"

„Ja, wir können was einsparen. Und nein, es reicht immer noch nicht für eine komplette neue Küche. Aber …", fügte er schnell hinzu, als er sah, dass seine Frau protestieren wollte, „… es reicht wenigstens für neue Geräte. Also einen neuen Herd, ein Cerankochfeld, eine Geschirrspülmaschine und einen neuen Kühlschrank. So einen amerikanischen Retrokühlschrank, wie du ihn dir schon immer gewünscht hast", versuchte er ihr seinen Vorschlag schmackhaft zu machen.

Milena zog die Augenbrauen zusammen. „Du erwartest von mir also allen Ernstes, dass ich in der neuen Küche zwar mit ein paar neuen Geräten, die aber irgendwie in die alten Möbel hineingebastelt wurden, arbeiten soll? Man füllt doch auch keinen neuen Wein in alte Schläuche." In ihrer Wut stockte Milena einen Moment lang. Sie überlegte kurz mit einem Blick in die noch kahle Küche. „Genau", sie lächelte verschmitzt und fuhr fort: „Das ist … das ist ja so ähnlich wie … wie dieses Gleichnis vom neuen Wein in alten Schläuchen."

Christians Gesicht verwandelte sich in ein einziges Fragezeichen. „Hä?", machte er nur.

„Niemand füllt jungen, gärenden Wein in alte, brüchige Schläuche", zitierte Milena aus dem Gedächtnis. „Sonst platzen sie. Dann läuft der Wein aus und die Schläuche sind unbrauchbar. Nein, jungen Wein füllt man in neue Schläuche! Nur so bleibt beides erhalten."

Christian schien es langsam zu dämmern, worauf seine Frau hinauswollte. Milena aber war kaum zu bremsen. „Du kannst doch nicht einfach etwas Altes in etwas Neues packen. Irgendwann geht das einfach nicht mehr gut. Und ein vernünftiger Mensch macht so was auch nicht. Gleiches gehört zu Gleichem. Und mal ehrlich … wenn du trotzdem darauf bestehen solltest, unsere alte Küche mitzunehmen, einschließlich der zwölf Jahre alten Spülmaschine … und die läuft irgendwann aus, in der schönen neuen Küche, dann platze *ich*. Und das solltest du dir lieber nicht antun."

# Faire Finanzierung?

Wir verbrachten den Jahreswechsel mit einer Busreisegesellschaft im Hotel *Beli Kamik* in Njivice im Nordwesten der Insel Krk, einer der beiden größten kroatischen Inseln in der Kvarner Bucht. Nach zwei wundervollen Sonnentagen mit Bora und bei klarer Sicht schlug das Wetter am Neujahrsmorgen um. Jetzt kam mit dem Jugo auf einmal jede Menge Regen. An einen Ausflug oder Spaziergang war bei diesem Wetter nicht zu denken. Meine Frau beschloss spontan, aus der Not eine Tugend zu machen und die Zeit für ein paar Stunden Schönheitsschlaf und -pflege zu nutzen. Und ich wollte es mir in der hoteleigenen Bar gemütlich machen.

Dort traf ich auf einen Herrn, dem es offenbar ähnlich erging, und darüber kamen wir gleich ins Gespräch. Wie sich herausstellte, war er der Pastor einer Kirchengemeinde aus der Nähe, und zwar derjenigen, zu der wir gehörten.

Es dauerte nicht lange, bis wir über ernstere Themen sprachen. Irgendwann im Laufe der Unterhaltung gestand ich ihm, dass es mir schwerfiele, einem bestimmten Menschen aus meiner Familie zu vergeben, der mich vor einigen Jahren in ein tiefes emotionales Loch und finanzielles Unglück gestürzt hatte.

Er hörte sich meine Geschichte in Ruhe an, ohne mich zu unterbrechen. Er nickte nur ab und zu, als seien ihm solche

Geständnisse nicht fremd. Als ich geendet hatte, sah er mich sekundenlang forschend an, dann nickte er erneut und sagte: „Ich würde Ihnen hierzu gern eine Geschichte erzählen. Haben Sie Zeit? Aber … ich will Ihnen nicht zu nahetreten. Wenn es Ihnen vielleicht peinlich …?“

„Nein, nein“, unterbrach ich ihn. „Glauben Sie mir: Wenn ich die Situation bereinigen könnte, wäre mir ein ganzes Stück wohler.“

„Gut“, sagte er und rutschte vom Barhocker. „Dazu sollten wir uns aber in eine ruhige Ecke verziehen.“

Nachdem wir jeder noch einen Drink geordert und erhalten hatten, schlenderten wir in die hinterste Ecke des Barraumes und nahmen in einer gemütlichen Klubgarnitur Platz.

„Die Geschichte handelt zwar von einem Mann, der inzwischen nicht mehr lebt“, begann er, nachdem er sich an seinem Getränk die Lippen befeuchtet hatte, „dennoch möchte ich seinen richtigen Namen nicht nennen. Ich hoffe, Sie verstehen?“

Ich nickte zustimmend und nippte ebenfalls an meinem Glas.

„Gut, dann nennen wir ihn … Hans-Peter. Hans-Peter war 55 Jahre alt und führte in dritter Generation eine kleine Schreinerei in einer deutschen Kleinstadt am Rande des Odenwalds. Die Werkstatt lief gut. Seine zwei Söhne, beide Meister, ein Geselle und zwei Auszubildende sorgten dafür, dass die Aufträge fristgerecht und zur vollen Zufriedenheit der Kunden abgewickelt wurden.

Natürlich gab es hin und wieder kleinere Reklamationen, aber sie hielten sich in Grenzen. Seine Firma hatte daher einen guten Ruf, und die Kunden honorierten die qualitativ gute

Arbeit mit guter Zahlungsmoral, sodass er finanziell solide aufgestellt war.

Als gewiefter Geschäftsmann hatte Hans-Peter im Jahr 1994 zwei Eigentumswohnungen in Erfurt gekauft und 1995 zwei weitere, und alle vier auf zehn Jahre über die heimische Sparkasse finanziert. Er nutzte damit die vom Finanzministerium der damaligen Bundesregierung eingeräumte Sonderabschreibung, die bei vermietetem Wohnraum erlaubte, im Jahr der Investition sofort 50 Prozent davon von der Steuer abzusetzen. Auf diese Art ließen sich in zwei Jahren gut und gern rund 180.000 DM sparen …"

„Ja, stimmt", unterbrach ich ihn. „Mitte der Neunziger gab's ja noch die Deutsche Mark."

Mein neuer Bekannter nickte. „Und mit diesen 180.000 DM blieb Hans-Peters Traum von der eigenen kleinen Segeljacht kein Traum mehr. Die kostete sogar nur 120.000 DM. Die übrig bleibenden 60.000 DM gab er als Darlehen an einen Kollegen, nennen wir ihn Karl-Heinz, dessen Betrieb es nicht so gut ging wie seinem."

Während eine Kellnerin uns eine Schale mit Knabberzeug vorbeibrachte, pausierte mein Gegenüber.

„Rechtzeitig", fuhr er dann fort, „bevor in den Jahren 2004 und 2005 die Finanzierungen für die Eigentumswohnungen ausliefen, bat Hans-Peter Anfang 2003 um ein Gespräch bei seiner Sparkasse, um die erforderliche Anschlussfinanzierung sicherzustellen. Er dachte dabei an ein sogenanntes ‚Foreward-Darlehen', da die Zinsen gerade besonders günstig standen. Bei diesem Darlehen legt man die zum Zeitpunkt des Vertragsabschlusses gültigen Zinsen zugrunde, auch wenn diese aller Voraussicht nach steigen werden.

‚Ach, da haben wir inzwischen was viel Besseres', sagte man ihm bei diesem Gespräch. Und dann erhielt er einen etwa halbstündigen Vortrag von einem extra herbeizitierten Berater. Nun ist von Finanzberatern ja bekannt, dass sie ihr Fachgebiet gut beherrschen. Deshalb sind sie ja Spezialisten auf ihrem Gebiet. Was sie aber meist nicht können, ist, einem Laien ihr Fachchinesisch so zu erklären, dass auch er es versteht.

Und an solch einen ‚Berater' war Hans-Peter geraten.

Von dem gesamten Vortrag bekam der arme Kerl nur so viel mit, dass es für die Finanzierung seiner Immobilien etwas ganz Neues gäbe, etwas noch nie Dagewesenes, das Nonplusultra, das nicht nur die Zinsen erheblich senken, sondern ihm obendrein noch Geld in die Kasse spülen würde. Ständig fielen Begriffe wie ‚Euribor', ‚Zins-Swift' und auch der Schweizer Franken wurde ein paarmal erwähnt. Um nicht dumm dazustehen, vermied es Hans-Peter, nachzufragen, doch er konnte sich die Zusammenhänge beim besten Willen nicht erklären. Irgendwann mittendrin bekam er dann mit, dass, um eine Vorfälligkeitsentschädigung zu vermeiden, die alten Verträge bis zu ihren verschiedenen Laufzeitenden weitergeführt werden müssten, er das zu viel gezahlte Geld jedoch dank dieser genialen Konstruktion halbjährlich zurückerstattet bekäme.

Damit war das Gespräch beendet, Hans-Peter rauchte der Kopf und er sagte, er müsse das Ganze erst einmal überschlafen. Ist bis jetzt so weit alles klar?"

Ich nickte. „Alles klar", entgegnete ich. Dennoch fragte ich mich, was das bisher Gesagte mit Vergebung zu tun hatte. Aber vielleicht kam's ja noch.

Mein Gegenüber nippte an seinem Getränk. „Eine Woche später", fuhr er dann fort, „fand ein weiteres Treffen statt, bei dem auch Hans-Peters Söhne zugegen waren. Für die zählte der Berater noch einmal alle Punkte auf. Doch an den ratlosen Blicken, die sie ihm und sich untereinander zuwarfen, konnte Hans-Peter unschwer erkennen, dass auch sie von dem Ganzen nicht mehr verstanden als er.

Dann, wie nebenbei, rückte der Bankangestellte damit heraus, dass die Sache in gewisser Hinsicht spekulativ sei. Aber nur gaaanz leicht. Auf Hans-Peters besorgte Nachfrage beeilte er sich das Ganze herunterzuspielen und seine Aussage zu relativieren.

‚Äh, Sie müssen meine Worte jetzt aber bitte nicht auf die Goldwaage legen', wiegelte er ab und machte eine entsprechende Handbewegung. ‚Das ist nur rein hypothetisch. Wissen Sie: Ich muss das sagen. Das ist nämlich so Vorschrift. Aber kennen Sie eine einzige Währung, die konstanter ist als der Schweizer Franken?' Er sah in die Runde, wartete Hans-Peters Antwort jedoch nicht ab und fuhr sogleich fort: ‚Ich jedenfalls nicht. Beim Franken sind keine Kursschwankungen zu erwarten.' Er bekräftigte seine Behauptung anhand von Schaubildern, auf denen der bisherige Kursverlauf des Schweizer Franken zur Deutschen Mark und ab 2002 zum Euro dargestellt war. ‚Ich kann Ihnen sagen', fuhr er begeistert fort, ‚dass sich mit dieser Finanzkonstruktion ein anderer Kunde von uns regelmäßig über größere Beträge freuen kann. Ja, der kriegt halbjährlich ordentlich Geld! Allein am letzten Stichtag hat er über 25.000 Euro ausgezahlt bekommen. Na, wie klingt das?'

Hans-Peter und seine Söhne verzogen anerkennend ihre Mienen.

‚Falls sich jedoch' – er zog das ‚A' von falls wie einen Kaugummi in die Länge – ‚abzeichnen sollte – rein hypothetisch natürlich – dass sich der Schweizer Franken doch mal in die falsche Richtung entwickelt, dann werden wir Sie selbstverständlich rechtzeitig anrufen und informieren, damit wir frühzeitig gegensteuern können.‘

‚Geht das denn so schnell?‘, wollte Hans-Peter wissen.

‚Keine Angst‘, wiegelte der Bankberater ab und fuhr mit der Hand durch die Luft. ‚So schnell ändert sich da nichts. Und schließlich arbeiten wir jeden Tag von morgens bis abends mit Währungen und haben schon allein berufsbedingt ein wachsames Auge darauf. Wir stecken quasi mittendrin im Geld. Hahaha.‘

Später einmal hätte sich Hans-Peter lieber in den Hintern gebissen, dass er sich diese Zusage, ihn rechtzeitig zu warnen, nicht hatte schriftlich geben lassen. Doch durch die über fünfunddreißigjährige Zusammenarbeit mit seiner Sparkasse sah er keinen Anlass, deren Zusagen anzuzweifeln.“

„Er vertraute ihr also auf Treu und Glaube“, warf ich kopfschüttelnd ein. „Ich fürchte: Diese Zeiten sind längst vorbei.“

„Wem sagen Sie das?!“, bekräftigte mein Gegenüber. „Dennoch: Da die Sache zuerst sogar recht gut anlief, bemerkte er den faulen Handel nicht sofort. Denn zwischen Januar 2006 und Januar 2009 erhielt Hans-Peter halbjährlich mehr Geld zurück, als er einzahlte. Zwar waren es keine 25.000 Euro, auch keine 10.000, sondern nur zwischen rund 1.500 und 4.500 Euro, aber immerhin. Kleinvieh macht bekanntlich ja auch Mist.

Doch dann schlug das Finanzbarometer um. Plötzlich sank der Schweizer Franken von 1,51 Euro auf 1,45. Dann auf 1,40. Und sogar noch tiefer. Immer tiefer. Zuletzt wurde er schließlich fast 1:1 gehandelt.

Im Januar 2009 legte Hans-Peter schon über 3.500 Euro fürs halbe Jahr drauf, um im August 2009 bei mehr als 8.000 Euro zu landen. Äh, das ist jetzt ein bisschen viel Zahlenwerk. Kommen Sie überhaupt noch mit?“

Ich wiegte den Kopf. „Gerade noch so. Aber sagen Sie, hatten Sie mir nicht eine Geschichte zu meinem Problem mit der Vergebung versprochen?“

Er hob die Hände. „Geduld, Geduld. Das gehört alles dazu. Gleich werden Sie wissen, warum. Lassen Sie mich bitte noch etwas weiter ausholen.“

Ich nickte zwangsläufig zustimmend.

„Zurück zu Hans-Peter also. Jetzt musste er schnellstens die Reißleine ziehen. Er wollte weg von diesem undurchsichtigen Konstrukt und für die Zukunft Planungssicherheit haben. Daher war er froh, als ihm die Sparkasse bei einem Termin Ende 2009 einen Zins für 20 Jahre anbot. Er unterschrieb einen Vertrag, von dem er annahm, dass er eine Festzinsvereinbarung beinhalte.

Doch da Hans-Peter seinem Geldinstitut inzwischen nicht mehr über den Weg traute, legte er die Vereinbarung seinem Steuerberater zur Prüfung vor. Und wurde bitter enttäuscht: Wie sich herausstellte, unterschieden sich die Risiken im neuen Vertrag kaum von denen im alten. Hans-Peter war von seiner Sparkasse schlicht und einfach über den Tisch gezogen worden.

Und die Abbuchungen gingen auch mit dem neuen Vertrag munter weiter. 9.000, dann 10.000 Euro pro Halbjahr; Tendenz steigend. Trotz der immer noch guten Auftragslage wusste Hans-Peter am Ende nicht mehr, wo er so schnell so viel Geld herbekommen sollte.

Auf seine Frage, wie er sich aus dem Vertrag lösen könne, bekam er zur Antwort, dass seine Vorfälligkeitsentschädigung inzwischen 300.000 Euro betrage.

Auch hier: Tendenz steigend!

Schließlich blieb ihm nichts anderes übrig, als einen Anwalt einzuschalten und der Sparkasse mit Klage zu drohen. Zumal 2011 der Bundesgerichtshof ein spektakuläres Urteil zu den sogenannten Swap-Wetten gefällt hatte, mit dem er eine große deutsche Bank wegen mangelhafter Beratung zu Schadenersatz verurteilte.

Nun begann ein zähes Ringen. Zuerst wollte die Sparkasse von ihrer Forderung keinen Cent weichen und bestand auf der vollen Summe von 300.000 Euro. Erst die Drohung des Anwalts, die Presse einzuschalten und damit an die Öffentlichkeit zu gehen, brachte sie zum Einlenken. Allerdings forderte sie immer noch zwei Drittel der Summe. Sie selbst wollte nur 100.000 Euro übernehmen. Doch für Hans-Peter und seinen Anwalt war das nicht akzeptabel. Daher drohten sie weiter mit der Presse und der Anwalt hob den ungeheuren Imageverlust hervor, den das Geldinstitut erleiden würde, falls die Sache publik werden sollte.

Schließlich knickte die Bank ein. Ende 2012 endlich einigte man sich, dass die Sparkasse 200.000 Euro übernahm, während Hans-Peters Kreditsumme um 100.000 Euro aufgestockt wurde. Damit erließ sie ihm zwar nicht die gesamte Schuld – so viel Güte kommt nur im entsprechenden Gleichnis vom Schalksknecht im Neuen Testament vor –, immerhin aber zwei Drittel. Ich denke, Sie müssen mir recht geben: Mehr kann man von einem Geldinstitut doch wahrlich nicht erwarten, oder?“

„Nein, bestimmt nicht. Denen muss ganz schön die Muffe gegangen sein", antwortete ich kopfschüttelnd. „Sonst wären die doch garantiert knallhart geblieben. Vielleicht ..." – ich kratzte mich am Kinn – „... wäre da sogar noch mehr drin gewesen."

„Hans-Peters Anwalt hat diese Möglichkeit angesprochen. Doch das hätte einer gerichtlichen Klage bedurft. Und die hätte sich jahrelang hinziehen können. Und viel Geld gekostet. Das wiederum hätte Hans-Peter weder finanziell noch gesundheitlich durchgestanden. Er war immerhin schon weit über sechzig. Am Ende war ihm der Spatz in der Hand lieber als die Taube auf dem Dach."

„Ja, kann ich verstehen. Darauf hat die Sparkasse doch nur spekuliert. Diese Gauner!"

Der Pastor zuckte die Schultern. „Und nun endlich kommen wir dazu, warum ich Ihnen die ganze Geschichte erzählt habe", setzte er wieder an. „Nach dem ganzen Hin und Her war sich Hans-Peter klar darüber, dass er noch einmal mit einem blauen Auge davongekommen war. Doch ab sofort würde er den Gürtel enger schnallen müssen. Durch die erhöhte Kreditsumme wurde auch der Betrag größer, den er monatlich an die Sparkasse abzuführen hatte und ihm selbst blieb weniger übrig. Da erinnerte er sich plötzlich an den Kollegen Karl-Heinz, dem er vor Jahren 60.000 DM geliehen hatte. In der Zwischenzeit hatte er den Kredit völlig verdrängt. Anfangs, als er obenauf schwamm, waren solche Summen ‚Peanuts' für ihn gewesen – nicht der Rede wert. Dann hatten die eigenen Sorgen ihn davon abgelenkt, als ihm der Kopf nach anderem stand. Doch nun gedachte er, das Geld zurückzuverlangen. Und zwar umgehend.

Also forderte er Karl-Heinz in einem Schreiben auf, die gesamte Summe plus zwei Prozent Zinsen bis zum nächsten Ersten auf sein Konto einzuzahlen. Und er rechnete ihm sogar akribisch aus, wie viel das war: 60.000 DM auf 16 Jahre, das machte 82.367,14 DM, mit dem Faktor 1,95583 umgerechnet kamen 42.113,35 Euro dabei heraus. Und er drohte ihm auch gleich die Konsequenzen an, falls er seiner Forderung nicht nachkäme: Dann würde er die Zwangsversteigerung seines Wohnhauses betreiben.

Schon einen Tag später suchte Karl-Heinz ihn auf. Er bat Hans-Peter händeringend um noch etwas Aufschub. Ein wichtiger Dauerkunde habe plötzlich beschlossen, zur Konkurrenz zu wechseln. Dadurch fehle ihm mehr als die Hälfte des monatlichen Einkommens. Ob er denn nicht noch warten könne, bis er dafür Ersatz gefunden hatte?

Doch Hans-Peter blieb hart: Wenn am folgenden Ersten nicht die gesamte Summe auf seinem Konto sei, würde er umgehend zum Amtsgericht gehen und die Zwangsversteigerung beantragen.

Alles Bitten und Betteln half nichts: Hans-Peter beharrte auf dem Ausgleich der Schulden und wies dem Kollegen die Tür."

„Wo ihm selbst gerade eine dermaßen große Schuld erlassen wurde?", echauffierte ich mich. „Das … das ist ja total unfair!"

Mein Gegenüber nickte. „Das fand auch der jüngere Sohn von Hans-Peter. Er hatte das Gespräch zwischen seinem Vater und Karl-Heinz mitbekommen und sprach ihn darauf an: ‚Du, Paps, denkst du, das eben war gut?'

‚Was meinst du?'

‚Na, wie du mit dem Karl-Heinz umgegangen bist.'

‚Was daran war falsch? Er schuldet mir das Geld nun mal.'

‚Ja, schon. Aber schau, dir hat die Sparkasse gerade fast deine ganzen Schulden erlassen.'

‚Fast. Ja, aber die Betonung liegt auf *fast*. Ein Drittel muss ich trotzdem zahlen.'

‚Na, da hättest du dem Karl-Heinz doch auch ein bisserl entgegenkommen können, oder?'

‚Entgegenkommen? Du, wir *brauchen* das Geld!'

‚Ja. Er aber auch. Zumindest hättest du ihm Aufschub geben können, bis es ihm finanziell wieder besser geht. Und vielleicht auch einen Teil erlassen, so wie dir die Sparkasse. Ich find halt, das wäre nur fair gewesen.'

Und" – der Pastor schaute mich herausfordernd an –, „wie ist nun Ihre Meinung?"

Ich musste nicht lange überlegen. „Ich kenne das Gleichnis", antwortete ich. „Es steht, wenn ich mich recht entsinne, bei Matthäus 18. Dort erlässt der König seinem Knecht einen riesigen Schuldenberg, den dieser niemals hätte begleichen können. Der aber hat nichts anderes zu tun, als einen Mitknecht, der ihm nur eine kleine Summe schuldet, ins Gefängnis zu werfen, weil dieser nicht zahlen kann. Woraufhin der König, nachdem dieser davon erfährt, den Schuldenerlass zurücknimmt und seinen Knecht bestrafen lässt."

„Richtig. Und weiter: Sehen Sie irgendwelche Parallelen zu Ihrem Fall?"

Mir wurde etwas mulmig zumute. „Ähm, ja. Wenn ich's genau bedenke … also … dann ja", druckste ich herum. „Durch den Tod Jesu am Kreuz hat mir Gott meine gesamte Schuld, die ich nie im Leben aus eigener Kraft hätte abtragen können, erlassen. Und ich stell mich immer noch stur und halte an der Schuld des anderen fest. Ich glaube, ich sollte mich aufraffen und ihm vergeben."

„Eben. Ich hätte es nicht besser sagen können."

# Gokart-Läufe für den Weltmeister

Hi, Leute. Ich bin Kameraassistent bei einem deutschen Regionalfernsehsender und muss euch unbedingt von einem meiner letzten Einsätze berichten, der, wie ihr gleich lesen werdet, ganz und gar nicht normal ablief. Am Ende wurde es sogar noch richtig dramatisch. Aber der Reihe nach:

Alles, was laufen konnte, war an diesem Morgen des 23. November auf den Beinen. Der große Held der Stadt, der frischgebackene Formel-1-Weltmeister Roger Rixton, auch RR genannt, würde nach seinem grandiosen Sieg im vorletzten Rennen der Saison vor zehn Tagen, bei dem er sich zum dritten Mal in Folge schon vorzeitig den Titel sichern konnte, heute seine Heimatstadt besuchen.

Schon beim Public Viewing während des Großen Preises von Brasilien hatten Tausende Fans mit ihrem Idol mitgefiebert und -gelitten – und hatten am Ende seinen erneuten WM-Titel bejubeln können. Ein Fanklub hatte das öffentliche Fernsehen mit einer großen Leinwand auf dem Marktplatz organisiert.

Nach dem Sieg hatten Fans Feuerwerksraketen gezündet, Whitney Houstons „One Moment in Time“, das über den Platz schallte, mitgegrölt, Fahnen geschwenkt und anschließend einen Autokorso durch die gesamte Innenstadt veranstaltet. Schon bei seinem Triumph waren die Leute außer Rand und

Band gewesen. Doch heute kannte die Vorfreude keine Grenzen, da Rixton seine Heimatstadt, die ihm zu Ehren für den heutigen Tag in „Rixtown“ umbenannt worden war, endlich wieder einmal persönlich besuchen würde.

Schon seit Stunden harrte eine riesige Menschenmenge trotz des nicht gerade angenehmen Wetters in dem zu einer großen Arena umfunktionierten Fußballstadion außerhalb der Stadt aus. Dort veranstaltete der örtliche Gokart-Klub seit dem Vormittag ein Showrennen nach dem anderen. Der Sohn der Stadt hatte seine Karriere selbst mit knapp vier Jahren als Gokart-Fahrer begonnen. Würstchen- und Getränkebuden waren aufgebaut worden, für die Kinder gab es ein Karussell, eine Hüpfburg, Luftballons und Zuckerwatte und es herrschte eine Stimmung wie auf dem Jahrmarkt. Auch die regionale Presse war vertreten und auch ein Ü-Wagen unseres Fernsehsenders war positioniert.

Das Protokoll für den Tag sah Folgendes vor: Der örtliche Taxiunternehmer sollte den Weltmeister vom Flughafen abholen und ins Stadion fahren. Von da würde das Taxi, von den Gokarts eskortiert, in die Stadtmitte zum Rathaus fahren. Dort sollte Rixton bei einem Empfang die Ehrenbürgerwürde erhalten und sich ins Goldene Buch der Stadt eintragen.

Danach war im Sitzungssaal der Stadtverordneten die letzte Sequenz eines Filmes geplant, der die einzelnen Stationen von Rixtons Karriere nachzeichnete. Der Film war über einen längeren Zeitraum und auf Initiative des Fanklubs entstanden, das dafür benötigte Geld hatte die Stadtverordnetenversammlung genehmigt. Drehbuch, Regie und Dreh lagen in den Händen unseres Fernsehteams.

So weit die Theorie.

Inzwischen tigerte der Bürgermeister, die Amtskette um den Hals, in seinem Dienstzimmer auf und ab, als säße er auf glühenden Kohlen, wischte sich den Schweiß von der Stirn und fragte alle paar Minuten telefonisch im Vorzimmer nach, ob der berühmte Gast denn nicht endlich eingetroffen sei. Doch jedes Mal hieß die Antwort: „Leider immer noch nicht."

„Dann versuchen Sie, verdammt noch mal, das Taxi zu erreichen!", brüllte er seine Vorzimmerdame an, als sei sie für die Verspätung höchstpersönlich verantwortlich.

„Hab ich doch schon ein paarmal versucht", zischte sie schnippisch zurück und gab damit zu erkennen, dass sie, entgegen dem unterschwellig vorgebrachten Vorurteil ihres Chefs, mitgedacht hatte. „Ist aber immer bloß die Mailbox dran."

Es war schon spät am Nachmittag, es dämmerte bereits und noch immer drehten die Gokarts ihre Runden. Inzwischen war das Flutlicht eingeschaltet worden und begann in alle vier Himmelsrichtungen gespensterhafte Schatten auf die Tribünen zu zaubern.

Insgesamt fuhren zehn Fahrer in dem Parcours, die seit Beginn der Veranstaltung am späten Vormittag in verschiedenen Rennen gegeneinander antraten. Mittlerweile hing eine stickige Wolke aus Benzinabgasen über dem Stadion. Dennoch und trotz der kälteren Abendtemperatur hielten die Menschen aus in Erwartung ihres „Helden".

Plötzlich entstand an der Start- und Ziellinie ein Tumult. Von meinem Platz hinter der Kamera aus konnte ich nur sehen, dass einige der Fahrer wild mit den Armen ruderten. Was war da los? War unser Ehrengast etwa doch schon eingetroffen und wollte eine außerplanmäßige Runde mit dem Gokart drehen? Oder was? Das musste ich sehen. Neugierig wie ich bin, eilte ich hinüber.

Schnell schnappte ich auf, dass den Fahrern zu diesem Zeitpunkt schlicht und ergreifend der Sprit ausgegangen war. Und weiter verstand ich, dass die Hälfte der Fahrer, da sie zu Beginn der Veranstaltung nicht damit gerechnet hatten, den ganzen Tag über fahren zu müssen, sich damit begnügt hatten, ihr Gefährt nur voll zu tanken. Normalerweise wären sie mit einer Tankfüllung von 20 Litern auch gut hingekommen. Nun aber war bei allen der Sprit verbraucht. Und nur die andere Hälfte der Fahrer war so schlau gewesen, zur Sicherheit einen 10-Liter-Reservekanister mitzunehmen und diesen auch zu befüllen. Die, die keine Reserve dabeihatten, forderten nun vehement, dass die anderen mit ihnen teilten. Die anderen aber brachten zu Recht vor, dass ja trotz allem nicht abzusehen sei, wann der Star auftauche und weder den einen noch den anderen sei möglicherweise mit der Hälfte der Reserve gedient. Also gaben sie den anderen nichts ab und befüllten ihre Tanks mit dem Reservebenzin.

Wutschnaubend rannten die anderen fünf zu ihren Autos, die sie außerhalb des Stadions geparkt hatten, und machten sich auf zur nächsten Tankstelle, um ihre Reservekanister mit Benzin befüllen zu lassen.

Und wie's der Zufall so will: Kaum waren sie weg, da erschien das Taxi und mit ihm ein übers ganze Gesicht strahlender Weltmeister. Er sei am Abflugort dermaßen von Fans um Autogramme bedrängt worden, dass er den Flieger verpasst und einen späteren hatte nehmen müssen, erklärte er in seiner kurzen Ansprache an die Fans mit einem schiefen um

Verständnis heischenden Grinsen. Und dass er jetzt erst mal den offiziellen Teil erfüllen müsse, seinen Fans aber morgen den ganzen Tag hier im Stadion zur Verfügung stünde. Und dann sollte die Post abgehen.

Sofort danach brach der Weltmeister mit seinem Tross auf, und um die Symmetrie zu wahren, fuhr eines der Gokarts vornweg, während jeweils zwei das Taxi rechts und links eskortierten.

Im Rathaus angekommen konnte der Bürgermeister endlich seines Amtes walten und den Sohn der Stadt als neuen Ehrenbürger begrüßen. Nach dem obligatorischen Erinnerungsfoto, dem Überreichen der Urkunde und dem Eintrag ins Goldene Buch der Stadt ging man einen Stock tiefer und betrat dort den Sitzungssaal der Stadtverordneten, wo meine Kollegen bereits alles vorbereitet hatten.

Kaum war man vollzählig, wurden die Türen geschlossen und die „Aufnahme!-Bitte-nicht-stören"-Schilder eingeschaltet.

Inzwischen waren auch die fünf zurückgebliebenen Gokart-Fahrer wieder im Stadion eingetroffen. Bestürzt stellten sie fest, dass es fast leer war. Von einigen noch vor Ort verbliebenen Besuchern hörten sie, was sich inzwischen ereignet hatte.

In Windeseile betankten sie ihre Gokarts und fuhren zum Rathaus. Von der Vorzimmerdame des Bürgermeisters erfuhren sie, dass „die Herrschaften" schon einen Stock tiefer seien. Dort angekommen, standen sie vor verschlossenen Türen und starrten fassungslos auf die „Aufnahme!-Bitte-nicht-stören"-Schilder. Auch alles Klopfen und Rufen nützte nichts, die Türen blieben geschlossen.

Tja, Leute, da kann ich nur sagen: Dumm gelaufen! Lieber vorbeugen! Denn ihr wisst weder Tag noch Stunde – siehe Matthäus 25,1–13. Und ich bin mir sicher: Hätt es zur Zeit Jesu schon Gokarts und die Formel 1 gegeben, hätte er das Gleichnis vermutlich so erzählt.

# Ein Leben für ein Leben?

„Beta-Thalassämie“, sagte der Arzt und schaute die Frau, die ihm gegenüberstand und vor lauter Aufregung ihre Hände knetete, mit ernster Miene an. „Ihr Sohn leidet unter der homozygoten Form der Thalassaemia major.“

Der Terminus sagte ihr nicht das Geringste. Noch nicht. Doch dass er nichts Gutes bedeuten konnte, ahnte sie bereits. Dafür sprach das Gesicht des Arztes Bände.

Eva-Maria Karpovski hatte ihren zweijährigen Sohn seines geschwollenen Leibes wegen vor drei Tagen zur Untersuchung in die Kinderklinik gebracht. Sie hatte Probleme mit Magen oder Darm vermutet und auch seine starke Blässe sowie seine Lust- und Appetitlosigkeit auf eher harmlose Ursachen geschoben.

Ihre Augenbrauen verengten sich. „Was heißt das?“, fragte sie leise. Dabei hörte sie nicht auf, fahrig ihre Hände zu kneten. Unsicher huschte ihr Blick zwischen dem Arzt und ihrem in seinem Bettchen schlummernden Sohn hin und her. Klarsichtige Schläuche verschwanden in seiner Nase; andere unter Pflastern in seinen dünnen Ärmchen. Ein Beutel mit Blutplasma, so groß wie sein Kopf, hing an einem Metallständer.

„Ich will erst gar nicht um den heißen Brei herumreden“, antwortete der Arzt und schaute ihr geradewegs in die Augen. „Ihr Sohn leidet an einer Blutkrankheit, die, wenn sie nicht umgehend behandelt wird, binnen weniger Monate zu seinem Tode führen wird.“

„Nein!“, wollte sie schreien. Doch der Schock schnürte ihr die Kehle zu und sie brachte nur ein Krächzen zustande. Ihr wurde übel.

„Bei dieser Krankheit“, fuhr der Arzt unbeirrt fort, „ist die Bildung von Hämoglobin, also des roten Blutfarbstoffes, gestört und kann seiner Aufgabe, den Sauerstoff von der Lunge über die Blutgefäße zum Gewebe zu transportieren, nicht ausreichend nachkommen. Wird aber der Sauerstoff nicht mehr transportiert, erstickt der Patient innerlich.“

Eva-Maria empfand diese Worte wie einen Schlag mit dem nassen Handtuch ins Gesicht. Ihr wurde schwarz vor Augen, dann gaben ihre Knie nach.

Der Arzt fing sie auf und zog sie zu einem Stuhl.

„Besteht denn kein Zweifel?“, beschwor sie ihn, nachdem sie wieder zu sich gekommen war. Sie hatte noch immer Hoffnung.

Langsam, aber bestimmt schüttelte der Arzt den Kopf. „Leber und Milz sind vergrößert“, zählte er an den Händen auf. „Wir erkennen eine beginnende Anämie; außerdem ist sein Wachstum gestört. Neben den anderen Symptomen deuten auch diese eindeutig auf Beta-Thalassämie hin. Nein, Frau Karpovski, so leid es mir tut: Es besteht nicht der geringste Zweifel!“

Minutenlang schwiegen beide.

In Eva-Marias Kopf war nichts als Leere. Ganz allmählich kroch Kälte in ihrem Körper hoch und sie begann zu zittern. Dann brach es aus ihr heraus: „Bitte, Herr Doktor, retten Sie meinen Sohn!“, flehte sie.

Der Arzt zögerte. Er dreht sich um, ging in Gedanken versunken ein paar Schritte hin und her. Schließlich blieb er vor ihr stehen und forschte in ihren Augen, als schätze er ab, wie viel er der Mutter seines kleinen Patienten noch zumuten konnte.

„Als Soforttherapie haben wir, wie Sie sehen, Blutkonserven eingesetzt. Aber auf Dauer …“ Er ließ den Satz in der Luft schweben und hob die Schultern.

„Bitte, sagen Sie mir die Wahrheit!“, beschwor sie ihn.

„Auf Dauer kann ihn nur eine Knochenmarkstransplantation retten. Bei seiner Blutgruppe AB ist es allerdings nicht leicht, rechtzeitig einen geeigneten Spender zu finden.“

„Wie rechtzeitig?“ Eva-Marias Herz krampfte sich zusammen und ein Kloß, dick wie eine Faust, drückte ihr auf die Kehle, dass sie kaum noch Luft bekam.

Die Antwort des Arzts kam schleppend. „Das … kann niemand exakt vorhersagen“, entgegnete er und schüttelte den Kopf. „Aber ich würde mal schätzen: sechs, höchstens sieben Monate.“

Eva-Maria schlug die Hände vors Gesicht und sackte auf ihrem Stuhl in sich zusammen.

Der Arzt trat ans Fenster und starrte, die Hände auf dem Rücken, nach draußen. Nach einer Weile drehte er sich um, griff nach einem Stuhl und setzte sich ihr gegenüber. Sekundenlang musterte er sie aufmerksam. Schließlich begann er, vorsichtig erst, dann immer dringlicher, auf sie einzureden: Es gäbe da schon noch eine Möglichkeit, meinte er, die Sache mit der Knochenmarkstransplantation zu beschleunigen. Eine, er wolle ehrlich sein, allerdings ziemlich umstrittene. Und in Deutschland leider, leider noch immer verbotene. Die sogenannte *Präimplantationsdiagnostik.* Ein Wunder der Genforschung. Dabei leuchteten seine Augen und er redete sich immer mehr in Begeisterung. Mit dieser ließe sich ein zweites, gewebtypisch passendes Kind als Knochenmarkspender erzeugen. Ein hundertprozentiges Abbild ihres Sohnes. Ähnlicher sogar als ein Zwilling. Sie müsse dazu allerdings in die Niederlande oder nach Großbritannien fahren. Er könne ihr Adressen befreundeter Kollegen geben. Was sie davon hielte?

Eva-Marias verständnisloses Gesicht brachte ihn zurück in die Realität des Krankenzimmers und er bemühte sich im Folgenden um eine einfachere Sprache.

„Dabei werden Ihnen Eizellen entnommen und im Reagenzglas mit Spermien Ihres Mannes befruchtet", klärte er sie auf. „Die befruchteten Eizellen wachsen innerhalb von drei Tagen zu Embryonen aus acht bis zehn Zellen heran. Diese werden mit der Polymerasekettenreaktion, einem ziemlich komplizierten Verfahren, das ich jetzt nicht näher erläutern möchte, tausendfach vervielfältigt und Base für Base auf genetische Fehler untersucht. Eines der Embryonen, bei denen keine Schäden festgestellt wurden, wird schließlich in Ihren Uterus verpflanzt. Aus diesem wächst dann ein Kind heran, das Ihrem Sohn wie ein Ei dem anderen gleicht. Die übrig gebliebenen Embryonen werden verworfen. Doch nicht nur dieses Verwerfen steht in Deutschland im Widerspruch zu …"

Eva-Maria hörte nicht mehr hin. Sie hatte kaum etwas verstanden. Nur so viel, dass mit diesem Verfahren sozusagen ein „Ersatzteillager" für ihren Sohn herangezüchtet werden könne. Ein Mensch, dessen einzige und ausschließliche Daseinsberechtigung darin lag, als „Teilelieferant" für seinen Bruder zu dienen. Magensäure stieg ihr brennend die Kehle hoch. Fraß sich bitter in ihren Rachen. Mit Ekel würgte sie diese wieder hinunter.

Wie von weit her hörte sie den Arzt von „Abtreibung des Spenderembryos" und „Entnahme des Knochenmarks" reden und dass im Ausland alles im „gesetzlichen Rahmen" läge und sie daher garantiert „keine moralischen Bedenken" haben müsse ...

Eva-Marias Kopf schien zu platzen. Sie wollte ihren Schmerz hinausschreien, aber sie brachte keinen Ton heraus. Angst, Wut und Verzweiflung machten sich in ihr breit und sie presste die Hände gegen die Schläfen. Schließlich sprang sie auf, machte auf dem Absatz kehrt und eilte wortlos aus dem Krankenzimmer. Wie gehetzt rannte sie, nicht auf die Leute achtend, die ihr entgegenkamen, über die Flure und aus dem Krankenhaus, bis sie den Parkplatz und dort ihr Auto erreichte. Zitternd schloss sie auf, warf sich auf den Sitz und schlug die Hände vors schmerzverzerrte Gesicht.

Dann ließ sie ihren Tränen freien Lauf.

*Er ist doch noch so klein*, jammerte sie vor sich hin. *So hilflos. Gott, warum tust du ihm das an? Warum hilfst du ihm nicht? Warum lässt du es zu, dass sein Leben, kaum begonnen, schon wieder ausgelöscht werden soll?* Verzweifelt krallte sie ihre Hände um das Lenkrad, bis die Knöchel weiß hervortraten, und ließ den Kopf auf die Hände fallen.

*Keine moralischen Bedenken!* Sie fuhr hoch und schlug mit der Faust aufs Armaturenbrett. *Ha, wie leicht sich das für einen sagt, der nicht selbst betroffen ist! Präimplanta..., wie hieß diese Diagnostik noch gleich?*, sinnierte sie. *Egal. Was verlangt dieser Arzt von mir? Soll ich ein Kind als Ersatzteillager für meinen kranken Sohn in mir heranzüchten, es „ausschlachten" und den*

*Rest „verwerfen"? Und das ohne „moralische Bedenken"?* Die Vorstellung davon jagte ihr kalte Schauer über den Rücken und sie war kurz davor, sich zu erbrechen.

*Andererseits*, kam ihr auf einmal der Gedanke, *darf ich meinem Sohn diese einmalige Chance, dauerhaft geheilt zu werden und ein normales Leben zu führen, vorenthalten? Denn er ist ja bereits auf dieser Welt. Hat er somit nicht ein Recht darauf, dass ich alles Menschenmögliche unternehme, um sein Leben zu erhalten? Das andere Kind dagegen, es existiert doch noch gar nicht. Wenn es nun ausschließlich dafür erzeugt wird, seinen Bruder zu retten: Kann das unmoralisch sein?*

Ganz langsam begann sie, sich mit dem Gedanken anzufreunden und ertappte sich schließlich dabei, wie sie das Für und Wider abwog: *Leben wird entstehen*, dachte sie. *Menschliches Leben. Aber: Ist dieses Leben schon als menschlich zu bezeichnen? Ab wann ist man ein Mensch? Bereits wenn das Spermium die Eizelle befruchtet hat? Oder erst später?* Irgendwo hatte sie gelesen, dass schon die Entnahme einer einzigen Zelle aus dem frühen Embryo kritisch sei, da sie nach Auffassung vieler Forscher in diesem Stadium noch als totipotent anzusehen sei. Was nichts anderes bedeutet, als dass sie – wenn man sie denn ließe – zu einem vollständigen menschlichen Individuum heranwachsen könnte. *Wann also beginnt der Mensch ein Mensch zu sein?*

*Auf der anderen Seite, wenn es diese Möglichkeit nun schon einmal gibt, warum soll ich sie dann nicht auch nutzen?*, sponn sie den Faden weiter und legte den Kopf in den Nacken. *Schließlich liebe ich meinen Sohn. Liebe ihn von ganzem Herzen. Ist es da für mich als Mutter nicht legitim, ja mehr als legitim, ihm helfen zu wollen? Egal wie?*

*Gewiss, es ist legitim!*, gab sie sich zur Antwort. *Nur, zu welchem Preis? Würde ich damit nicht die Grenzen sprengen, die Gott zu Gott und mich zum Menschen machen? Wäre es nicht der Versuch, mich ihm gleichzustellen?*

*Nichtsdestoweniger ist es aber doch so, dass Gott dem Menschen einen Verstand gab, als er ihn schuf, und ihn aufforderte: „Macht euch die Erde untertan." Und im Laufe der Jahrtausende ließ er ihn vieles entdecken und erfinden zu seinem Wohl. Sei es gegen Krankheiten, sei es zur Erleichterung des täglichen Lebens. So auch die Gentechnik. Muss ich da nicht glücklich und dankbar sein in einer Zeit zu leben, in der mein Sohn trotz seiner schweren Krankheit geheilt werden kann?*

*Aber* – sie kreuzte die Arme über dem Lenkrad und legte ihr Kinn auf die Hände – *meinte Gott mit seinem Gebot wirklich auch, dass wir in seine Schöpfung eingreifen dürfen?*

Eva-Maria dröhnte der Schädel und drohte allmählich zu platzen. Sie kam sich vor wie ein Schachspieler, der die Dame opferte, um den König zu retten, oder wie ein Brettspieler, der seine Figuren nach seinem Gutdünken willkürlich verschob. *Wer bin ich*, fragte sie sich, *dass mir das zusteht?*

*Was ist Leben?*, überlegte sie genau. *Ist es das bloße Verschmelzen von Ei und Spermium und das anschließende Wachstum? Oder ist es nicht eher ein Geschenk Gottes, einmalig und unverwechselbar? Kann ich ein solches Geschenk „verwerfen"?*

Lange saß sie so da, Hände und Kopf auf das Lenkrad gestützt, und kämpfte mit sich selbst. Dachte nach über Gott und die Welt, die Unendlichkeit von Universum und Zeit, machte sich Gedanken über die Kürze und dennoch Einzigartigkeit des irdischen Lebens. Doch zusehends wurde sie gefasster. Und wusste schließlich, wie sie sich entscheiden würde.

Langsam ging sie zurück zum Krankenzimmer ihres Sohnes. Dort klingelte sie nach der Schwester und bat diese, den Arzt zu rufen.

„Für mich als Christin", begann sie, als der Arzt ihr wieder gegenüberstand, „zählt das, was Jesus sagte. Seine Worte sind auch heute noch genauso aktuell wie damals. Und wissen Sie, Herr Doktor, was Jesus über Kinder sagte?"

Der Arzt sah sie irritiert an und zuckte mit den Schultern.

„Er sprach viel über Kinder, denn er liebte sie", fuhr sie fort. „Und sagte zum Beispiel Folgendes: ‚Lasst die Kinder zu mir kommen; hindert sie nicht daran! Denn Menschen wie ihnen gehört das Reich Gottes. Amen, das sage ich euch: Wer das Reich Gottes nicht so annimmt, wie ein Kind, der wird nicht hineinkommen.'

Ist Ihnen aufgefallen, Herr Doktor, dass er nicht sagte: ‚Lasst die *gesunden* Kinder zu mir kommen.' Und auch nicht: ‚Wer das Reich Gottes nicht so annimmt, wie ein *gesundes* Kind …' Nein, er sagte *Kinder* und meinte damit *alle* Kinder. Auch die kranken Kinder. Auch die Kinder mit einer Behinderung. Verstehen Sie, was ich meine?"

„Äh", druckste der Arzt herum. „Ich denke schon …?" Seine Antwort klang wie eine Frage und zeigte damit seine Unsicherheit.

„Für mich als Christin", wiederholte Eva-Maria, „ist Jesus Gottes Sohn. Und Gott ist für mich die Verkörperung des Guten. Folglich ist auch alles, was er tut, in sich und aus sich heraus gut."

Dem Arzt war Eva-Marias Ausführung sichtlich peinlich, doch sie ließ sich nicht beirren. „Leben, Herr Doktor, ist nicht nur ein biologischer Prozess, wie Sie ihn definieren, und das man nach Belieben heranzüchten, als Ersatzteil verwenden und den nicht benötigten Rest auf den Müll werfen kann. Leben, Herr Doktor, ist in erster Linie ein Geschenk Gottes. Und als solches ist es gut. Es ist gut, genau so, wie es ist. Es braucht die von Ihnen vorgeschlagene Korrektur nicht – ein anderes Leben beginnen und beenden, um ein anderes Leben zu erhalten. Wenn Gott einmal beschlossen hat, ein junges Leben schon frühzeitig wieder zu sich zu holen, dann hat er einen Grund, und den kennt nur er." Sie streichelte ihrem Kleinen über die blassen Wangen und lächelte ihn liebevoll an.

„Sehen Sie: Gott schenkte mir diesen Sohn", sagte sie und schaute dem Arzt fest in die Augen. „Er schenkte ihn mir so, wie er ist. Und so, wie er ist, liebe ich ihn. Denn so, wie er ist, Herr Doktor, ist er von Gott gewollt und gut!"

# Eine Traumkarriere

Alexander-Kevins Karriere begann genau genommen bereits im zarten Babyalter, lange noch bevor er krabbeln konnte und in die Kindertagesstätte kam. Seine Eltern achteten vom ersten Tag seines Lebens an darauf, dass es ihrem Sohn an nichts mangelte; nur das Beste war gut genug für ihn. Nach dieser Maxime richtete sich nicht nur seine Ernährung, sondern auch seine Kleidung. Sie stammte aus den führenden Boutiquen der Stadt. Schließlich konnten sie es sich ja leisten. Und bei der Anmeldung für die Kita machten sie keinen Hehl daraus, dass es ihr Wunsch war, dass Alexander-Kevin in eine Gruppe kam, in der möglichst viele Akademikerkinder waren.

Aus ihm sollte schließlich ja mal „was werden".

Anstelle ihn wie andere Kinder mit Teddybären schmusen, Spielzeugautos mit lautem „Brumm-brumm" durchs Kinderzimmer jagen und jauchzend Bauklötzchentürme umwerfen zu lassen, achteten seine Eltern darauf, dass er sich von klein auf mit Computer und Smartphone beschäftigte. Daher verwundert es nicht, dass er schon mit vier Jahren lesen und schreiben konnte, die Zahlen bis hundert kannte und die Grundrechenarten Addition und Subtraktion beherrschte. Und folglich mit den allerbesten Voraussetzungen für eine Bilderbuchkarriere in sein junges Leben startete.

Mama und Papa waren die reinsten „Helikoptereltern". Stets schwirrten sie um ihn herum, versorgten ihn mit diesem und jenem und allem, was er wofür auch immer benötigte, brachten ihn hierhin und dorthin, und sie hatten stets Obacht, dass es ihm ja an nichts mangelte, was sich käuflich erwerben ließ.

Als er mit einer Sondergenehmigung aufgrund seines überdurchschnittlichen Wissensstandes schon mit fünf eingeschult wurde, engagierten seine Eltern zudem einen Studenten als Privatlehrer, der am Nachmittag seine Hausaufgaben kontrollierte und ihm zusätzlich weiterführenden Unterricht gab. Es dürfte daher kaum verwundern, dass Alexander-Kevin, nachdem er von der Grundschule direkt in das renommierte Eliteinternat Salem am Bodensee gewechselt war, dort zwei Mal eine Klasse überspringen konnte und schon im juvenilen Alter von sechzehn ein Abitur mit dem Notendurchschnitt von 0,8 hinlegte.

Nun stand er vor der Frage: Welchen Beruf wollte er ergreifen? Und welches Studium wäre dafür erforderlich?

Allgemein- oder Zahnmedizin? Rechtsanwalt? Architekt? Irgendwas in der IT- oder Finanzbranche? Manager in einem der großen Konzerne? Oder was ganz anderes? Von seinem Können her standen ihm viele Wege offen.

Je älter Alexander-Kevin allerdings inzwischen geworden war, umso mehr war ihm klar geworden, dass er, dem Ehrgeiz seiner Eltern geschuldet, auf eine kindgerechte Kindheit hatte verzichten müssen. Nie hatte er Spielzeug besessen, das er mochte; immer hatte es einen bestimmten Lernzweck erfüllen müssen. Nie hatte er Spielkameraden gehabt, mit denen er einfach so rumtollen konnte nur um der Gaudi willen; auch sie wurden – stets älter – von seinen Eltern handverlesen und sorgfältig danach ausgesucht, was und wie viel er von ihnen lernen konnte. Und ernüchtert zog er das Fazit: Sein komplettes bisheriges Leben war eine einzige Lernfabrik gewesen. Wie ein Arbeiter am Fließband hatte er Wissen in sich hineingeschaufelt.

Dieses Manko gedachte er auszugleichen. Irgendwie. Und er beschloss, keinen Beruf zu ergreifen, bei dem er ein Leben lang lernen musste, um am Ball zu bleiben.

Andererseits wollte er einmal viel Geld verdienen.

Welcher Beruf also kam infrage?

Medizin? Ärzte, besonders wenn sie sich auf einem Gebiet spezialisierten wie zum Beispiel der Schönheitschirurgie, konnten eine Menge Geld verdienen. Jedoch zuvor jahrelang in einem Krankenhaus Nachtwache schieben – dazu hatte er nun wirklich keine Lust.

Zahnmedizin? Zahnärzte verdienten zwar ebenfalls spitze, aber fast elf Semester studieren, nur um fremden Leuten im Mund herumzufuhrwerken, igitt! Nein, dazu hatte er erst recht keine Lust.

Als Rechtsanwalt, Architekt oder in der IT- wie auch der Finanzbranche würde er sich mit immer neuen Gesetzen und Vorschriften herumschlagen müssen und sich ein Leben lang weiterbilden müssen.

Er aber fand, er habe genug gelernt.

Und im Fall des Managers würde er jahrelang in zweiter Reihe auf die einmalige Chance lauern, den Sprung nach ganz oben zu schaffen.

Nein, alle diese Berufe kamen nicht infrage. Welcher also blieb übrig?

Lange grübelte er.

Und auf einmal hatte er die zündende Idee: Immobilienmakler. Er würde mit Häusern und Grundstücken handeln. Dazu benötigte er nicht mehr als eine solide Grundausbildung in Betriebswirtschaft und Finanzwesen, kaum Investitionen, zumindest nicht zu Beginn, wenn er nicht selbst Immobilien erwerben wollte.

Das bedeutete: Noch ein letztes Mal lernen. Nur ein einziges Mal. Und das sollte es dann auch gewesen sein.

Doch von klein auf daran gewöhnt, dass nur das Beste gut genug für ihn war, studierte er auch nur an den besten Universitäten der Welt: Er begann an der *Harvard University* in Boston in den USA, wechselte nach zwei Semestern an die Universität von *Princeton* in New Jersey, kam nach weiteren zwölf Monaten von dort zurück nach Europa, wo er in Großbritannien noch je ein Jahr Oxford und Cambridge dranhing.

Mit seinen nunmehr zwanzig Jahren und acht Semestern Studium hinter sich – Betriebswirtschaft sowie Bank- und Finanzwesen – trat Alexander-Kevin eine sechsmonatige Weltreise an, um seinen Horizont durch das Kennenlernen von weiteren fremden Kulturen zu erweitern.

Zurück in seiner Heimatstadt, startete er sein Immobiliengeschäft. Er begann ganz bescheiden von seinem Einzimmerapartment aus – um sich dem Einfluss seiner Eltern zu entziehen, hatte er deren Haus verlassen –, indem er die Zeitung nach verkaufswilligen Haus- und Grundstücksbesitzern durchforstete und diesen anbot, für sie – gegen Honorar – tätig zu werden.

Nach einem Jahr bereits konnte er sich eine Dreizimmerwohnung leisten; ein weiteres Jahr später sogar eine in einer bevorzugten Wohnlage.

Mit fünfundzwanzig war er schließlich stolzer Besitzer eines Fünf-Zimmer-Penthouses mit weitläufiger, begrünter Dachterrasse. In der Tiefgarage parkte ein roter Flitzer aus Italien mit dem *cavallino rampante* auf der Haube und in einem Hafen an der Schlei dümpelte eine 34-Fuß-Segeljacht vor sich hin. Seine Geschäfte führte er längst von einem repräsentativen Büro in der Innenstadt aus, wo eine ganze Schar von Immobilienverkäufern und Sekretärinnen ihm die Arbeit abnahmen.

Mit anderen Worten: Alexander-Kevin hatte es geschafft.

*

Eines Tages dann wurde ihm ein Geschäft angeboten, das es so nur ein einziges Mal im Leben eines Immobilienmaklers gibt: Die Ölquellen eines arabischen Landes, das bis dato von der Förderung und dem Handel mit Öl profitiert hatte und damit reich geworden war, und die vor fast achtzig Jahren zu sprudeln begonnen hatten, begannen zu versiegen. Bereits heute war abzusehen, dass sie in zwei, höchstens drei Jahren vollkommen ausgetrocknet sein würden.

Nun hatte dieses Land seine Petromilliarden nicht nur in die eigene Infrastruktur investiert, sondern darüber hinaus lukrative Immobilien in der ganzen Welt erworben. Und die sollte Alexander-Kevin nun so gewinnbringend wie möglich an den Mann bringen und das Geld in noch lukrativere Geschäfte investieren, um damit dem Land das Überleben so lange wie möglich zu sichern.

Zuerst konnte er es gar nicht glauben, dass ausgerechnet ihm dieser Wahnsinnsdeal angeboten wurde. Doch dann besann er sich, dass während seines Studiums in Cambridge einer seiner Kommilitonen ein Sohn des derzeitigen Königs eben dieses Landes gewesen war. Nun war ihm alles klar und er wusste, wer ihn empfohlen hatte.

So hatte sich das Studium in der Ferne am Ende ja doch noch gelohnt.

Das Volumen des Geschäfts lag bei geschätzten 750 Milliarden US-Dollar. Man hatte ihm – entgegen der sonst üblichen fünf bis sechs Prozent – zwei Prozent Provision angeboten. Aber das war bei dieser Größenordnung okay, brachte es ihm doch um die 15 Milliarden Dollar, was rund 12,5 Milliarden Euro entsprach und mehr war, als er je ausgeben können würde.

Nach gut zwei Jahren dann war der Handel über die Bühne gegangen. Alexander-Kevin hatte sämtliche Immobilien gewinnbringend veräußert und seine Provision in der errechneten Höhe eingestrichen.

Nun hatte er es nicht nur geschafft.

Nun war er ein gemachter Mann.

Ein Multimilliardär.

Ab sofort wollte er nie mehr arbeiten und dafür das nachholen, was ihm in der Kindheit versagt geblieben war: Er wollte leben.

Als Erstes verschenkte er sein Büro mit allem Inventar an seine bisherigen Mitarbeiter und wünschte ihnen weiterhin gute Geschäfte. Dann verkaufte er sein Penthouse und den roten Flitzer aus Italien. Danach auch seine Segeljacht.

Dafür erstand er für 35 Millionen US-Dollar eine Privatinsel auf den Bahamas. Dort würde er in Ruhe den Rest seines Lebens verbringen. Und er kaufte sich eine 83-Fuß-Segeljacht und taufte sie auf den Namen „Libertad“, was Spanisch ist und

„Freiheit“ bedeutet. Mit ihr wollte er die Gewässer rund um die Bahamas unsicher machen.

An einem wolkenverhangenen Nachmittag startete er vom Hafen Puerto Mogan aus mit der „Libertad“ zu seiner Atlantiküberquerung. Viele der Privatjachten, die zum Sprung über den großen Teich aufbrachen, starteten von diesem Hafen auf Gran Canaria aus. Die Warnung des Hafenkapitäns, besser noch ein paar Tage zu warten und nicht auszulaufen, es drohe ein gewaltiger Sturm, schlug er in den Wind. Er sei ein erfahrener Segler, sagte er, und auf seiner 27-Meter-Jacht fühle er sich sicher.

Nachdem er die Segel gehisst und den Autopiloten auf den Kurs West-zu-Süd eingestellt hatte, feierte er den Start in sein neues Leben mit einem ausgiebigen Abendessen und einem guten Rotwein am Cockpittisch in der Plicht. Danach überprüfte er noch einmal den Kurs, stieg hinab ins Innere des Schiffs und legte sich beruhigt in die Koje schlafen.

In der Nacht hatte er einen Traum. Wieder saß er in der Plicht, ließ sich Essen und Wein munden, und sein gesamtes bisheriges Leben rauschte wie in einem Zeitraffer an ihm vorbei: seine spielzeuglose Kindheit, seine lernintensive Schulzeit, sein Studium in der Fremde, der Aufbau seiner Immobilienfirma und schließlich die Erkenntnis, bisher noch gar nicht richtig gelebt zu haben. Und er dachte bei sich: „Ruhe jetzt aus, iss, trink, sei fröhlich!“

Plötzlich aber hörte er – wie aus weiter Ferne – eine Stimme, die ihm zurief: „Wie dumm du doch bist! Noch in dieser Nacht wirst du sterben. Wer bekommt dann deinen ganzen Reichtum, den du angehäuft hast?“ (Lukas 12,20).

Erschrocken fuhr er auf.

Knallte schmerzhaft mit dem Kopf unter die Decke seiner Koje.

Und stellte mit Entsetzen fest, dass er wie ein Stein geschlafen und deshalb nicht mitbekommen hatte, dass in der Nacht ein Orkan losgebrochen war. Im selben Moment erfasste eine Monsterwelle sein Schiff. Hilflos musste er mit ansehen, wie es immer mehr krängte, bis es schließlich vollkommen auf der Backe lag.

Durch die offene Luke strömte das Wasser ins Innere.

Auf seiner Insel kam Alexander-Kevin nie an.

# Terror auf dem Weihnachtsmarkt

***11. Dezember 2016, 3. Advent***

Der Abend begann ebenso friedlich wie alle bisherigen Abende, seitdem der Weihnachtsmarkt eröffnet worden war. Mehr als 150 Buden standen auf dem zentralen Platz der Stadt und Tausende von Menschen flanierten auch heute wieder durch die Budengassen, kauften hier etwas zum Naschen, dort ein Spielzeug, bewunderten Handwerkliches, bestaunten Exotisches und wärmten ihre steif gefrorenen Finger an einem Becher Glühwein auf. Weihnachtliche Musik konkurrierte mit dem fröhlichen Lachen, das hier und da aus kleinen Gruppen erschallte, und der Duft von Lebkuchen und gebrannten Mandeln mit dem von Bratwürsten.

Es war bereits dunkel, der Himmel klar und die ersten Sterne leuchteten, während die fast volle Scheibe des zunehmenden Mondes auf dieses bunte Treiben auf der Erde herablächelte. Und nichts an diesem besinnlichen Adventssonntag ließ darauf schließen, dass hier in wenigen Minuten die Hölle losbrechen würde.

Vor einer Glühweinbude am Rande des Marktes standen an einem Stehtisch ein paar junge Leute aus verschiedenen Nationen, die erst vor knapp einer halben Stunde hier zufällig aufeinandergetroffen waren. Sie amüsierten sich über die Sprachbarrieren, mit denen sie zu kämpfen hatten. Enrique

Martínez aus Barcelona stolperte nun schon zum x-ten Mal über das „Ü" in Glühwein und kam über ein „Glu-we-in" nicht hinaus. Dafür fiel es Nicole Keller schwer, die Heimatstadt von Enrique korrekt auszusprechen: Statt „Barthelona" kam bei ihr nur ein „Basselona" heraus. Wohingegen John M. Collins aus Kanada und Mary-Ann Thornton aus dem Norden Irlands zwar mit dem als „Tie e-itsch" ausgesprochenen „C" in Barcelona keinerlei Schwierigkeiten hatten, dafür aber ebenfalls mit dem „Ü" in Glühwein.

„Also, wenn ich dich nächstes Jahr in Basselona besuchen komm, musst du das mit dem ‚Ü' aber hinkriegen", feixte Nicole und stupste Enrique freundschaftlich gegen die Schulter. Sie hatte sich Hals über Kopf in den gut aussehenden, schwarz gelockten Südländer mit dem breiten Kreuz verknallt und ihm spontan versprochen, ihren nächsten Jahresurlaub an der Küste der katalonischen Hauptstadt zu verbringen.

Und auch er schien nicht abgeneigt. „*Bueno, chica. Tengo ilusión de verte (Gut, Mädchen. Ich freu mich darauf, dich zu sehen).* Aber dann du auch muss sprechen richtig Barcelona", konterte er lachend.

„Werd's versuchen", versprach sie. „Ach übrigens: Was ‚Fröhliche Weihnachten' auf Englisch heißt, weiß ich ja. Aber was sagt man auf Spanisch?"

„Eh, kennst du die Lied *Feliz Navidad*?" Und er summte die Melodie an.

„Klar kenn ich das", entgegnete Nicole.

„*Bueno. Feliz Navidad*, so heißt Frohliche Weihnachten auf …"

Im selben Moment setzte in der Ferne ein Brummen ein, wurde rasch lauter, und steigerte sich innerhalb von Sekunden zu einem infernalischen Dröhnen, das mit rasender Geschwindigkeit auf sie zukam. Die Köpfe der vier drehten sich gleichzeitig in die Richtung, aus der der Lärm kam. Mit schreckgeweiteten Augen erkannten sie, dass ein großer schwarzer Lkw direkt auf sie zuraste und nur noch wenige Meter von ihrer Bude entfernt war.

John und Mary-Ann, die vom Lkw am weitesten entfernt standen, sprangen auseinander und schafften es mit Hechtsprüngen gerade noch, dem schwarzen Ungetüm heil zu entkommen. Nicole hatte immerhin noch Glück im Unglück. Sie wurde nur von einem Rad gestreift und flog im hohen Bogen in die Bude, die über ihr zusammenbrach.

Doch Enrique hatte es voll erwischt. Er klebte förmlich an der Front des Lkw, als dieser noch gut fünfzig Meter weiterraste, weitere Menschen und Buden niedermähte und schließlich gegen eine Betonwand prallte.

Erst im Krankenhaus, in das man sie gebracht hatte, wachte Nicole wieder auf. Wie man ihr sagte, hatte sie zwei Tage im Koma gelegen. Beide Beine waren mehrfach gebrochen, dazu drei Rippen und, was am schlimmsten war, zwei Wirbel, wodurch sie eine Verletzung der Nerven und des lumbalen Rückenmarks in Höhe des Abdomens davontrug. Wenn nicht ein Wunder geschah, würde sie für den Rest ihres Lebens abwärts der Hüfte querschnittgelähmt bleiben.

Nicole war einundzwanzig, ledig, und seit ihrem elften Lebensjahr Vollwaise, nachdem ihre Eltern bei einem Autounfall ums Leben gekommen waren. Danach war sie bei einer Tante aufgewachsen, die vor zwei Jahren ebenfalls verstorben war. Seitdem hatte sie keine Verwandten mehr und lebte allein.

Im Laufe ihrer ersten Woche im Krankenhaus freundete sie sich mit einer etwas älteren Diakonisse, Schwester Magdalena, an, die dort als Seelsorgerin tätig war und der sie leidtat, nicht nur ihres Schicksals wegen, sondern auch weil sie niemand hatte, der sich um sie kümmerte. Die Schwester besuchte sie daher täglich.

Dabei erfuhr Nicole von ihr auch, was an jenem Abend auf dem Weihnachtsmarkt passiert war. Ein Terrorist, ein Anhänger des sogenannten *Islamischen Staates*, der mit falschen Papieren als angeblich aus Syrien stammender Asylbewerber nach Deutschland gekommen war, hatte den Lkw gestohlen und war mit der Absicht, möglichst viele „Ungläubige zu schlachten", wie er in einem in dem Lkw gefundenen Bekennervideo mitteilte, in die Menschenmenge auf dem Weihnachtsmarkt gerast. Acht Menschen waren sofort tot, unter ihnen auch Enrique, und es hatte 60 Verletzte gegeben, ein Viertel davon schwer verletzt; vier von ihnen schwebten noch in Lebensgefahr.

Wie Schwester Magdalena ebenfalls berichtete, hatte die Bundeskanzlerin noch in derselben Nacht über das Fernsehen ein Statement im Namen der Bundesregierung abgegeben, worin sie „ihr tiefes Mitgefühl mit den Opfern des schrecklichen Attentats und auch deren Angehörigen" ausdrückte sowie „schnellstmögliche und unbürokratische Hilfe" versprach und alle Geschädigten aufforderte, sich an die entsprechenden Stellen zu wenden.

„Wer sind diese Stellen?", fragte Nicole die Schwester. „Kennen Sie sich da aus?"

Schwester Magdalena nickte. „Ja", antwortete sie. „Es gibt ein Gesetz, das sogenannte Opferentschädigungsgesetz. Das kommt, soviel ich weiß, in solchen Fällen auf."

„Und wie komm ich da ran?“

„Sie müssen einen Antrag an das Bundesministerium für Arbeit und Soziales stellen.“

„Aha. Antrag. Und wo krieg ich den her?“

„Den kann ich Ihnen aus dem Internet runterladen. Und dann füllen wir ihn zusammen aus. Ich helfe Ihnen gern.“

„Oh, danke!“

Nicole schien jetzt wenigstens ein kleines Licht vom Ende des Tunnels entgegen. Sie hatte sich schon ernsthaft Sorgen um ihre Zukunft gemacht. Sie war selbstständige Friseurmeisterin und hatte ihren Beruf bisher in einem kleinen Laden in der Nähe ihrer Wohnung ausgeübt. Den Beruf würde sie jetzt wohl an den Nagel hängen müssen.

***Ende Februar 2017***

Nicole war seit fast zwei Monaten aus dem Krankenhaus in das diesem angeschlossene Rehazentrum entlassen, ihre Beinbrüche verheilt, auch ihre Rippen schmerzten nicht mehr. Dafür stand nun mit Sicherheit fest: Sie würde den Rest ihres Lebens an den Rollstuhl gefesselt bleiben, denn von der Hüfte an abwärts regte sich bei ihr gar nichts mehr.

Da sie im dritten Stock eines Mehrfamilienhauses gewohnt hatte, ohne Aufzug, würde sie nach der Reha ihre Wohnung aufgeben und sich eine behindertengerecht ausgebaute im Erdgeschoss suchen müssen, die natürlich mehr Miete kostete als ihre bisherige. Die Kosten für ihren Rollstuhl und die behindertengerechten Möbel in Bad und Küche würde sie selbst tragen müssen, wie ihr von ihrer Krankenkasse auf ihre Anfrage hin bereits schriftlich mitgeteilt wurde. Sie sei für solche Leistungen nicht zuständig, da Nicoles Behinderung nicht aus einem Unfall resultiere, sondern einem terroristischen Akt, somit höhere Gewalt war. Und die sei, so das Fazit des Schreibens, nun mal nicht krankenversichert.

Zwar hatte sie als Geschädigte einer terroristischen Straftat eine einmalige sogenannte Härteleistung des Deutschen Bundestages erhalten. Allerdings reichte die gerade mal dafür, um den Makler zu bezahlen, den sie beauftragt hatte, ihr eine behindertengerechte Wohnung zu suchen.

Doch ihr Antrag auf Opferentschädigung lag noch immer irgendwo zwischen anderen unbearbeiteten Stapeln von Aktendeckeln und träumte vor sich hin. Ebenso wie wahrscheinlich der Sachbearbeiter oder die Sachbearbeiterin, der oder die laut der von der Regierung zugesagten „schnellstmöglichen und unbürokratischen Hilfe" für eine zügige Bearbeitung hätte sorgen müssen.

Langsam gingen ihre Ersparnisse zur Neige. Wenn sich nicht bald etwas tat, würde sie auf Hartz IV angewiesen sein.

Die Freundschaft mit Schwester Magdalena war ihr einziger Lichtblick. Die kümmerte sich nach wie vor rührend um Nicole, besuchte sie ein- bis zweimal pro Woche und war ihr in den letzten zwei Monaten regelrecht zu einer mütterlichen Freundin, einer Art Muttterersatz geworden.

***Freitag, 21. April 2017***

Nicole bewohnte im Rehazentrum ein gemütliches kleines Zimmer mit Blick in einen weitläufigen Park. Es war möbliert mit einem Bett, einem Kleiderschrank und einem Tisch, auf dem ihr Laptop stand und der ihr gleichzeitig als Schreibtisch diente. Da ihr Aufenthalt dort mehrere Monate dauern würde, hatte sie für ihre Post einen Nachsendeantrag gestellt.

Heute Morgen war ein Brief von der Sparkasse gekommen, in dem diese Nicole höflich aufforderte, doch bitte möglichst bald für den Ausgleich ihres Girokontos zu sorgen. Es seien schon längere Zeit keine Zahlungen mehr eingegangen und man mache sich Sorgen, ob sie auf Dauer ihren festen Zahlungen wie Miete, Telefon, Versicherungen etc. nachkommen könne, wenn die Eingänge ausblieben. Und man erinnerte sie daran, dass ihre Verbindlichkeiten ja per Lastschrift bzw. Dauerauftrag vom Konto abgebucht würden. Mit freundlichen Grüßen ... Schwungvolle Unterschrift.

Sie hatte sofort Schwester Magdalena angerufen und dieser ihr Leid geklagt.

„Schreib eine höfliche Erinnerung an das Bundesministerium für Arbeit und Soziales", riet sie ihr. – Inzwischen duzten sie sich. – „Und schildere deine prekäre Lage. Ich denke, das beschleunigt die Sache."

„Dein Wort in Gottes Ohr", seufzte Nicole. Sie legte auf, rollte rüber zu ihrem Laptop, klappte ihn auf und fuhr ihn hoch.

***Freitag, 19. Mai 2017***

Genau vier Wochen nach dem ersten Schreiben von der Sparkasse kam heute Morgen das nächste und Nicole stellte fest, dass der Ton schon etwas rauer geworden war.

Der ihr gewährte Dispositionskreditrahmen von knapp elf Prozent sei inzwischen ausgeschöpft und man müsse ihr ab dem nächsten Ersten vier Prozentpunkte mehr berechnen. Und man fordere sie noch einmal – jetzt dringend – auf, schnellstmöglich für einen Ausgleich auf ihrem Girokonto zu sorgen. Außerdem weise man schon heute vorsorglich darauf hin, dass auch dieser Kreditrahmen eine Obergrenze habe. Mit freundlichen Grüßen … Diesmal waren es schon zwei schwungvolle Unterschriften.

Doch wo diese Obergrenze lag, sagte man ihr nicht.

Nicole war den Tränen nahe. Sie hatte noch immer nichts vom Ministerium gehört, noch nicht einmal wie sonst üblich ein Bestätigungsschreiben über den Eingang ihres Antrags erhalten. Geschweige denn eine Antwort auf ihr Schreiben von vor vier Wochen.

In ihrer Verzweiflung rief sie wieder ihre mütterliche Freundin an. Als sie dieser das Schreiben vorlas, konnte sie ihre Tränen nicht mehr zurückhalten.

„Beruhige dich, Kind“, versuchte Schwester Magdalena sie zu trösten. „Möchtest du, dass ich zu dir komme?“

Nicole schniefte ein „Ja“ in den Hörer und die Diakonisse versprach, gleich bei ihr zu sein.

Während Nicole auf ihre Freundin wartete, setzte sie Tee auf und kramte den letzten Beutel mit Plätzchen aus dem Schrank, die noch von Weihnachten übrig geblieben waren und die sie mit in die Reha genommen hatte.

Kurz darauf klopfte es auch schon an ihrer Tür.

Schwester Magdalena kam herein, umarmte Nicole und drückte sie fest. Tröstend strich sie ihr über den Kopf.

„Komm“, sagte sie, als sie sich bei Tee und Plätzchen gegenübersaßen. „Wir schreiben denen beim Ministerium jetzt einen gepfefferten Brief. Wenn die Sparkasse den Ton verschärfen kann, können wir das erst recht.“

„Es wird allmählich Zeit“, diktierte Schwester Magdalena Nicole in den Laptop, „dass Sie als Sachbearbeiter/in (wer auch immer für meinen Antrag zuständig ist) Ihren Hintern hochbekommen und meinen Antrag schnellstmöglich bearbeiten und damit die finanzielle Lücke schließen, die der Anschlag auf den Weihnachtsmarkt vor nunmehr fünf (!) Monaten bei mir gerissen hat. Noch in der Nacht des Anschlags hat die Bundeskanzlerin versprochen, dass der Staat uns Geschädigten unbürokratisch und umfassend Hilfe leistet und für heutige wie auch künftige finanzielle Schäden aufkommt. Vor jenem verhängnisvollen Abend war ich selbstständige Friseurmeisterin und hatte ein gutes Einkommen. Inzwischen stehe ich vor riesigen finanziellen Problemen, und das nur, weil mein Antrag warum auch immer noch nicht positiv beschieden wurde. Bitte … Die Zeit drängt … Hochachtungsvoll …“

***16. Juni 2017***

Erneut waren vier Wochen vergangen und als es an diesem Freitagmorgen an ihrer Tür klopfte und der Briefträger ins Zimmer trat, überfiel Nicole ein düsteres Grummeln im Magen. Er habe ein „Einschreiben mit Rückschein“, sagte er und konnte nicht ahnen, welch schlechte Nachricht er Nicole damit überbrachte.

Wie befürchtet war es ein weiteres Schreiben ihrer Sparkasse. Allein schon daran, dass es als Einschreiben versandt worden war, erkannte sie, dass die Geduld der Kasse wohl endgültig vorbei war. Außerdem prangten unter dem Schreiben diesmal drei schwungvolle Unterschriften.

Zu ihrem Leidwesen erfüllte sich ihre Befürchtung: Die Sparkasse kündigte ihr das Girokonto unter Einhaltung der vorgeschriebenen Kündigungsfrist von zwei Monaten, bestand aber auf umgehendem Ausgleich. Daneben teilte sie ihr mit, dass sie trotz Kündigungsfrist ab sofort weder Daueraufträge ausführe noch Lastschriften einlöse.

Nicole wich alle Farbe aus dem Gesicht. Das Schreiben flatterte zu Boden. Dann schlug sie die Hände vor den Kopf und brach in Tränen aus. Hatte sie noch vor nur etwas mehr als einem halben Jahr gut von ihrem Einkommen leben, sich eine schicke Wohnung, ein flottes Cabrio und jedes Jahr einen längeren Urlaub im Süden leisten können, stand sie nun vor dem Ruin. Sie wusste nicht mehr ein noch aus und wovon sie ihre laufenden Kosten zahlen sollte.

In ihrer Not rief sie wieder Schwester Magdalena an. Im Stillen dankte sie Gott zum wiederholten Mal, dass er ihr diese mütterliche Freundin geschickt hatte.

„Jetzt hilft nur noch eins: Wir müssen die ganz große Keule auspacken", sagte die Schwester resolut und hieb mit der Faust auf den Tisch, als sie knapp eine halbe Stunde später Nicole gegenübersaß und den Brief las. „Jetzt wenden wir uns direkt an die Ministerin. Wollen doch mal sehen, wenn wir mit der Öffentlichkeit drohen, ob sie dann nicht dafür sorgt, dass ihr Amt in die Pötte kommt."

Gesagt, getan. Während der nächsten zwanzig Minuten formulierten sie einen Brief an die Ministerin, in dem sie auf den vor einem halben Jahr gestellten Antrag verwiesen, dass sie bisher keinerlei Reaktion erhalten hätten und betonten noch einmal die außerordentliche Dringlichkeit von Nicoles Fall. Und sie setzten ihr ein Ultimatum. „Falls wir, was wir nicht annehmen, bis zum Monatsende keine Reaktion seitens Ihres Ministeriums erhalten, verehrte Frau Ministerin, sind wir zu unserem Bedauern gezwungen, uns an die Presse zu wenden. Hochachtungsvoll …"

Sie unterschrieben beide und steckten den Brief in ein auffallend gelbes Kuvert. Schwester Magdalena versprach, ihn auf dem Heimweg auf der Post aufzugeben.

***Montag, 19. Juni, 9:47 Uhr***

„Verbinden Sie mich bitte umgehend mit dem zuständigen Sachbearbeiter beziehungsweise der Sachbearbeiterin für die Vorgangsnummer ..." Die Ministerin diktierte ihrem Sekretär eine Folge von Buchstaben und Ziffern in den Hörer und knallte ihn auf die Gabel. Vor wenigen Minuten hatte man ihr die Post auf den Schreibtisch gelegt. Sofort war ihr der gelbe Umschlag aufgefallen, eine Farbe, die in ihrer täglichen Post normalerweise nicht vorkam. Neugierig hatte sie ihn geöffnet und gelesen. Bei „Hochachtungsvoll" angekommen, hatte sie wütend die Lippen aufeinandergepresst und nach dem Hörer gegriffen.

Frustriert wandte sie sich ihrer weiteren Post zu. *Hat man es denn in diesem Haus nur noch mit Schwachköpfen zu tun?*, schimpfte sie vor sich hin. Sie war heilfroh, dass in gut drei Monaten Bundestagswahlen waren und sie danach, je nachdem wie diese ausfielen, entweder in ein anderes Ressort wechseln oder gar keine Ministerin mehr sein würde.

Bundestagswahl? Mist, überkam es sie. Was, wenn diese Frau – sie nahm den Brief zur Hand – diese Frau Nicole Keller ihre Drohung wahr machte und ihren Fall an die große Glocke hing? So kurz vor der Wahl konnte ihre Partei sich keine schlechte Presse leisten. Eine dermaßen schlampige Bearbeitung eines Härtefalls war alles andere als sozial. Das wäre ein gefundenes Fressen für die Zeitungen. Und die Gegenseite würde sich ins Fäustchen lachen, den Fall ausschlachten, mit dem Finger auf sie zeigen und ihrer Partei Inkompetenz in sozialen Angelegenheiten vorwerfen. Nein, sie musste mit allem Nachdruck dafür sorgen, dass der Fall umgehend und zu aller Zufriedenheit gelöst würde.

Als ihr Telefon klingelte und ihr Sekretär den zuständigen Sachbearbeiter meldete, holte sie tief Luft und setzte zu einer gewaltigen Standpauke an …

***Donnerstag, 29. Juni 2017***

Obwohl sie sonst keinen Alkohol trank, hatte sich Schwester Magdalena heute breitschlagen lassen, auf ihrem Weg zu Nicole in einem Supermarkt eine Flasche Prosecco zu besorgen. Nicole hatte sie vor knapp einer Stunde angerufen und ihre Stimme hatte sich vor Freude dermaßen überschlagen, dass Schwester Magdalena erst gar nicht verstehen konnte, was Nicole ihr zu erzählen versuchte.

„Na siehste!“, sagte Schwester Magdalena zufrieden und legte das Schreiben des Ministeriums für Arbeit und Soziales beiseite, nachdem sie bei Nicole eingetroffen war. „Was lange währt, wird endlich gut, sagt das Sprichwort. Und dass du rückwirkend zum ersten Januar eine monatliche Rente bekommst, von der du, wenn auch bescheiden, aber immerhin leben kannst, wenn du hier raus bist, ist doch schon mal was, oder?“

Nicole hob die Hand. „Und das hätte ich ohne dich nie im Leben geschafft“, räumte sie ein und strahlte. „Vielen, vielen Dank! Du hast mir wahnsinnig geholfen, Magda. Komm, darauf müssen wir anstoßen.“

Sie griffen nach ihren Gläsern und tranken einen Schluck Prosecco.

„Vergiss nicht“, sagte die Schwester und stellte ihr Glas ab. „Der da oben“ – dabei zeigte sie mit der Hand gen Himmel – „hat entscheidend dazu beigetragen. Sonst hätten wir uns zum Beispiel gar nicht kennengelernt.“

Nicole nickte. „Du glaubst gar nicht, wie oft ich ihm dafür schon gedankt habe.“

„Weißt du, wie du mir vorkommst?“

„Wie denn?“

„Wie die Witwe aus Lukas 18,2–8.“

„Ich bin doch keine Witwe“, protestierte Nicole.

„Nein, das will ich damit auch nicht sagen. Aber so wie diese Witwe dem Richter so lange auf den Keks ging, bis er ihr murrend zu ihrem Recht verhalf, hast du dem Ministerium keine Ruhe gelassen, bis du deine Sache durchgefochten hattest.“

„Bis *wir* die Sache durchgefochten hatten“, betonte Nicole.

„Na gut: wir drei“, sagte die Schwester lachend und deutete zuerst auf Nicole, dann auf sich und zum Schluss nach oben.

# Ungleiche Zwillinge

Soll ich die Geschichte preisgeben, oder nicht? Ich habe lange mit mir gerungen. Habe das Für und Wider abgewogen. Mir ausgemalt, wie die Leserinnen und Leser wohl darauf reagieren werden. Mich im Bett hin und her gewälzt, die Laken nass geschwitzt und mir die Haare gerauft … Nein, nein, ich übertreibe, ganz so schlimm war es nun doch nicht. Letztlich habe ich mich dann aber entschlossen, sie nicht unter den Tisch fallen zu lassen. Schließlich geht es in diesem Buch um die Wahrheit. Daher will auch ich ehrlich sein und Ihnen ein Geheimnis anvertrauen:

Ich bin faul.

Von. Grund. Auf. Faul!

Hätten Sie nicht gedacht, oder?

Ist aber so.

Einerseits wirft das natürlich kein gutes Licht auf mich – bedeutet es doch, dass ich mich einem gewissen Minimalismus verschrieben habe und jede Aufgabe, jede Herausforderung, sei sie nun handwerklicher oder geistiger Natur, mit dem kleinstmöglichen Aufwand an Energie in Angriff nehme. Andererseits kann man aber auch unschwer erkennen, dass es mir (zumindest bis zum heutigen Tag) gelungen ist, mich trotzdem clever durchs Leben zu schlagen. Und das durchaus erfolgreich.

Ganz anders dagegen meine Schwester Liliane. Meine Zwillingsschwester, wohlgemerkt. Vier Minuten früher geboren als ich. Dafür wog sie bei der Geburt zwei Kilo weniger und war einen Zentimeter kleiner. Heute, mehr als ein halbes Jahrhundert später, wiegt sie immer noch weniger als ich. Nur hängt an der Zwei inzwischen eine Null. Was auch meiner Faulheit in puncto gesunder Ernährung geschuldet sein mag.

Dafür bin ich noch immer einen Zentimeter größer.

Schon von Kindesbeinen an war Liliane die lebhaftere von uns beiden: Bereits mit neun Monaten fing sie an zu laufen, während ich noch daumenlutschend in der Wiege lag und aus dieser Position die Bewegung des Fischmobiles über mir zu ergründen versuchte. Auch in der Sprachentwicklung war sie mir meilenweit voraus, brabbelte, durchaus verständlich, den lieben langen Tag und gab ungefragt zu allem und jedem ihren Kommentar – während ich ins Lätzchen sabberte und zufrieden war, wenn ich regelmäßig mein Fläschchen erhielt und die Windel gewechselt bekam. Später war Liliane diejenige, die sportlich mit dem Bobby Car durch die Gegend flitzte, während ich mich mühsam mit dem hölzernen Laufrad abkämpfte.

In der Schule dann gingen wir als Zwillinge selbstverständlich von Beginn an in die gleiche Klasse. Und natürlich bestanden wir darauf, immer nebeneinander zu sitzen. Wehe, ein Lehrer versuchte, dies anders zu handhaben: Dann streikten wir so lange, indem wir keine Hausaufgaben machten und im Unterricht stumm blieben, bis wir wieder vereint waren. Im Übrigen pflegten wir eine gewisse Arbeitsteilung. Das heißt, meine Schwester arbeitete und ich teilte. Während des Unterrichts sah das so aus, dass sie mir, wenn ich gefragt wurde, die

Antwort heimlich zuflüsterte. Bei Klassenarbeiten schielte ich zu ihr hinüber und versuchte so gut wie möglich abzuschreiben. Was zwar nicht immer zu meiner vollen Zufriedenheit gelang, weshalb mein Notendurchschnitt bei Weitem nicht so gut war wie der Ihre. Aber zur Versetzung in die nächsthöhere Jahrgangsstufe reichte es zum Glück jedes Jahr.

Wenn auch bisweilen nur mit Ach und Krach.

Ich wage mir gar nicht auszumalen, was passiert wäre, wenn ich einmal sitzen geblieben wäre. Ich glaube, dass sie dann aus Solidarität das Jahr ebenfalls freiwillig wiederholt hätte.

Ja, ich gebe zu – wenngleich zähneknirschend –, dass ich in meiner Jugend und auch noch als junger Erwachsener alles andere als ein Paradebeispiel für Fleiß war. Wobei ich zu meiner Verteidigung vorbringen möchte, dass meine Schwester es mir auch immer ziemlich leicht gemacht hat. Irgendwie gefiel sie sich in der Rolle der Macherin, der Managerin, der Aktiven … und dass der Bruder ihr wie ein treues Hündchen folgte.

Schon während der Schulzeit waren wir uns einig darüber, dass wir nach dem Abitur beide Kunst studieren wollten. Meine Schwester, pragmatisch wie sie war, strebte das höhere Lehramt an. Mir dagegen schwebte, nachdem ich mit sechzehn auf einer Klassenfahrt Paris kennengelernt hatte, das Leben eines Bohemiens auf dem Montmartre vor. Ich sehe noch heute die Szene vor meinem geistigen Auge, als wäre sie erst gestern gewesen, wie ich in der Rue Norvins unweit der Kuppel von Sacré-Cœur mit Liliane im Schlepptau das kleine Bistro betrete und mir Aristide Bruant auf dem Plakat von Henri de Toulouse-Lautrec, das dort im Eingangsbereich hing, regelrecht ins Auge springt: schwarzer Hut, schwarzer Umhang, roter Schal, den Blick auf ein imaginäres Objekt in der

Ferne geheftet … Ja, das entsprach genau meiner Vorstellung von einem Künstler. So wollte ich auch werden. Und so sah ich mich in naher Zukunft.

Doch natürlich sahen meine Eltern das ganz anders. Sie waren beide Opernsänger gewesen und kannten die in finanzieller Hinsicht mitunter unsichere Zukunft eines Künstlers aus eigener Erfahrung zur Genüge.

„Wenn du schon Kunst studieren willst", sagte mein Vater mit erhobenem Zeigefinger, „dann mach es so wie deine Schwester – werde Lehrer. Als Beamter hast du dann so gut wie ausgesorgt. Bist unkündbar. Hast eine sichere Pension. Denk dran, wie schwer wir es manchmal hatten." Meine Mutter nickte nur stumm und rang die Hände. „Und", fuhr er schließlich fort und versuchte mir meine Entscheidungsfindung zu versüßen, „denk an die vielen Ferien, die du als Lehrer hast."

*Hm*, dachte ich, *das entspricht zwar nicht genau dem, was ich mir vorgestellt habe. Aber, warum sich nicht sämtliche Wege offenhalten? Nach dem Studium kann ich ja immer noch nach Paris gehen.*

Und so stimmte ich zu.

Es gab mehrere Hochschulen, die für ein Kunststudium infrage kamen. Aber da Papas letztes Engagement am Staatstheater in Kassel gewesen war (Mama hatte schon bei unserer Geburt den Beruf aufgegeben) und er uns von dieser Stadt vorgeschwärmt hatte – vom Herkules, vom Dampfer „Elsa" auf der Fulle und dem nahe gelegenen Edersee – bewarben wir uns nur an der dortigen *Hochschule für Bildende Künste (HBK)*.

Was ziemlich blauäugig war. Denn von den über 500 Bewerbungen wurden nur 50 zur Prüfung zugelassen, von denen wiederum nur die Hälfte es schafften. Doch Liliane und ich waren dabei.

Damals war es so, dass man außer Kunsterziehung noch ein zweites Unterrichtsfach belegen musste. Der Einfachheit halber entschieden sich die meisten Studenten für Politik, mit dem Ziel, Sozialkunde im Nebenfach zu unterrichten.

Und nun kommt das, warum ich Ihnen die ganze Vorgeschichte überhaupt erzählt habe: Nach dem vierten Semester stand ich im Fach Politik vor der ersten echten Prüfung meines Lebens.

*Hoppla*, werden Sie sagen. *Da war doch schon das Abi. Und dann die Aufnahmeprüfung in die HBK. Waren das denn keine echten …?*

Nein! (Entschuldigen Sie, wenn ich Sie unterbreche.) Das waren für mich keine *echten* Prüfungen. Beim Abi wurde ich in meinen Hauptfächern Kunst und Deutsch geprüft. In Kunst sollte ich aus dem Gedächtnis den Altarraum einer römischen Kirche zeichnen – wir hatten kurz zuvor Rom auf einer Klassenfahrt besucht –, in Deutsch einen Aufsatz schreiben. Die Zeichnung machte ich mit links und Aufsätze waren mir schon immer leichtgefallen. Und bei der Aufnahmeprüfung zur HBK mussten wir unseren jeweiligen Nachbarn porträtieren; meine Schwester hätte ich im Schlaf zeichnen können.

Sehen Sie, was ich meine?

Die Prüfung im Fach Politik hingegen war die erste, auf die ich mich vorbereiten musste. Richtig vorbereiten meine ich, indem ich *lernte*.

Verlangt wurde, bis zur Prüfung eine ganze Reihe von Büchern durchzuarbeiteten, Werke über Politik von Platon bis Marx, von Montesquieu bis Rousseau mit der Maßgabe, die

Quintessenz eines dieser Bücher dann in der Prüfung vorzutragen. Nur wusste vorher keiner von uns, welches Buch abgefragt werden würde.

Während Liliane sofort nach Bekanntgabe der Aufgabe loslegte, bis in die Nacht hinein las und sich fleißig Notizen machte, überschlug ich erst mal die Zeit, die ich benötigen würde, alle fünf vorgegebenen Bücher zu lesen. Zusammen hatten sie etwa 1.500 Seiten. Ich wusste, dass mindestens 200 Seiten pro Tag zu schaffen waren. Ich würde also gut eine Woche benötigen, um alle durchzuarbeiten.

Ein Blick auf den Kalender sagte mir, dass ich bis zum Prüfungstermin noch sechs Wochen Zeit hatte. Zufrieden grinsend winkte ich ab und hob mir die Lektüre für die letzte Woche vor diesem Datum auf.

Da es unseren Eltern finanziell nicht gerade leichtfiel, zwei Kinder zugleich studieren zu lassen, versuchten meine Schwester und ich nebenbei so viel dazuzuverdienen, wie möglich. Liliane, die Einser-Abiturientin, gab in mehreren Fächern Nachhilfeunterricht, während ich als E-Bassist in einer Coverband spielte. Und seit Kurzem hatte ich außerdem einen ganz tollen Job: Über einen meiner Professoren war mir die Stelle eines freien Mitarbeiters an einem Jugendhof des Landes Hessen in der Nähe von Kassel angetragen worden, wo ich mit Schulklassen, die sich dort zu ein- oder zweiwöchigen Freizeiten aufhielten, künstlerische Projekte durchführte. Wobei der Kunst besonders durch die 68er-Studentenbewegung mehr und mehr auch eine politische Komponente beigemessen wurde.

In diesem Zusammenhang untersuchten wir unter anderem den Aufbau der sich damals in erster Linie durch die

Auseinandersetzung mit dieser Bewegung und vielen Intellektuellen in der Kritik befindlichen Tageszeitung mit den vier Buchstaben. Abgesehen vom Informations- und Wahrheitsgehalt der einzelnen Artikel befassten wir uns insbesondere mit dem Verhältnis von Bildern und Überschriften zu den Texten. Ich weiß die Zahlen heute nicht mehr im Einzelnen, nur dass der informative Gehalt der Zeitung im Verhältnis zu seiner optischen Aufmachung verschwindend gering war.

Zurück zur oben erwähnten Prüfung: Während meine Schwester also fleißig vor sich hin lernte, schob ich die Lektüre der fünf Bücher im Bewusstsein, dass noch genügend Zeit blieb, vor mir her. Im Grunde hatte ich ja auch wirklich wenig Zeit: Da waren Vorlesungen und Seminare zu besuchen, daneben Proben und Auftritte mit der Band, zwei- bis dreimal pro Woche unterrichtete ich am Jugendhof und schließlich hatte ich auch noch eine Freundin, die Aufmerksamkeit einforderte. Alles in allem ein dichter Zeitplan. Aber ich war guten Mutes, dass ich das schon hinkriegen würde.

Irgendwie.

Die Zeit verflog schneller als erwartet und plötzlich waren es nur noch sieben Tage bis zum Prüfungstermin. Doch – verflixt! – ich hatte gerade unheimlich viel um die Ohren und eigentlich gar keine Zeit übrig, mich mit diesen Büchern zu beschäftigen. Außerdem war ich mir ziemlich sicher, auch 300 Seiten an einem Tag zu schaffen. Also verkürzte ich die Lesezeit auf fünf Tage.

Danach hatten wir einen zweitägigen Gig mit der Band in Wilhelmshaven. Und ich nun wirklich keine Lust, die Bücher auf dieser Fahrt mitzuschleppen. Andererseits rechnete ich mir aus, dass ich, wenn ich ein, zwei Nachtschichten einlegte, das Ganze auch in drei Tagen schaffen musste. Dann hätte ich das Gelesene bei der Prüfung noch ganz frisch vor Augen, redete ich mir die Sache schön.

Ich will's kurz machen. Es kam, wie es kommen musste: Am Morgen vor der Prüfung hatte ich noch nicht einmal einen einzigen Blick in auch nur eines der Bücher geworfen.

Nun stand ich vor einem echten Problem: Fünf Bücher an einem Tag? Das schaffst du niemals, gestand ich mir ein. Diagonal lesen? In jedes Mal schnell einen Blick werfen? Wenigstens den Klappentext überfliegen? Nee, das alles brachte nun auch nix mehr.

Ich musste mich da irgendwie anders durchmogeln.

Im Bewusstsein, dass mir bestimmt über Nacht etwas einfiele, legte ich mich abends beruhigt ins Bett und wachte am nächsten Morgen nach einem tiefen und erholsamen Schlaf auf.

Doch noch immer hatte ich keine Lösung für mein Problem gefunden.

Mit meiner Schwester, mit der ich inzwischen in einer WG wohnte, fuhr ich am Prüfungstag zur Hochschule. Wie immer plapperte sie munter drauflos und erzählte mir voll Stolz, dass sie die fünf Bücher fast auswendig konnte und für die Prüfung bestens vorbereitet sei.

„Und bei dir?", fragte sie. „Alles paletti?"

„Nö", gab ich grinsend zur Antwort.

„Wie, nö?", wollte sie wissen.

„Hab keins der Bücher gelesen", entgegnete ich achselzuckend. „Hatte irgendwie … einfach keine Zeit."

„Keine Zeit? Bist du bescheuert?" Und dann musste ich mir auf dem ganzen Weg zur Hochschule eine Standpauke anhören, die meine Mutter in ihren besten Tagen nicht besser zustande gebracht hätte.

„Diesmal, Bruderherz, kann ich dir beim besten Willen nicht helfen“, schloss Liliane ihre Gardinenpredigt. „Das ist dir schon klar, oder? Ich hab nun mal keine Tarnkappe und kann mich auch nicht im Raum verstecken und die Souffleuse spielen. Sorry, aber heute seh ich schwarz für dich. Ra-ben-schwarz.“

Damit ließ sie mich kopfschüttelnd im Vorzimmer des Prüfungsraums stehen, in dem wir uns versammelt hatten und aus dem wir einzeln vor die Prüfungskommission gerufen werden sollten.

Während Anita, die gute Seele unseres Semesters, für alle Tee kochte und ihre selbst gebackenen Ingwerplätzchen verteilte, stand ich am Fenster, starrte in die Ferne und zermarterte mir das Hirn, wie ich der drohenden Katastrophe entrinnen konnte.

Inzwischen war es neun Uhr. Die Prüfung begann. Gleich als Erste wurde Liliane in den Raum gerufen. Langsam wurde ich doch ein bisschen neidisch auf sie. Während sie jetzt da drin, davon war ich überzeugt, mit ihrem Wissen glänzen konnte, kaute ich hier draußen auf meinen Fingernägeln und versuchte krampfhaft, einen Ausweg aus meiner Misere zu finden.

Als sie jedoch nach knapp fünfzehn Minuten wieder herauskam, sah sie alles andere als glücklich aus. Ganz im Gegenteil: Es sah so aus, als ob sie kurz davor wäre, in Tränen auszubrechen. Und obwohl ich gerade selbst ein Riesenproblem hatte, eilte ich zu ihr und nahm sie in den Arm.

„Was ist?“, fragte ich besorgt.

„Das ist so unfair!", brach es aus ihr heraus. „So gemein!" Sie ballte die Fäuste und trommelte gegen meine Brust. „Auf der Liste der fünf Bücher war bei Marx ‚Das Kapital' angegeben, richtig?"

„Mmh …"

„Aber das haben die gar nicht abgefragt. Sondern ‚Lohnarbeit und Kapital', das viel ältere Werk von Marx."

Ich erinnerte mich, dass wir dieses Buch ganz zu Beginn des Seminars mal besprochen hatten. „Aber das ist ja schon ewig her …"

„Eben. Und weil ich mich sechs Wochen lang nur auf diese fünf Bücher konzentriert hab, hatte ich *dieses Buch* natürlich nicht mehr präsent. So was von gemein!", bekräftigte sie und stampfte mit dem Fuß auf.

Die nächsten zweieinhalb Stunden war ich vollauf damit beschäftigt, Liliane einigermaßen zu beruhigen und ihren Frust mit Tee und Ingwerplätzchen zu kompensieren, sodass ich das über mir schwebende Damoklesschwert fast völlig verdrängte.

Doch dann, als Letzter, wurde auch ich aufgerufen.

Vor Schreck riss meine Schwester die Augen auf. „Ach du meine Fres…", entfuhr es ihr und sie presste die Faust auf den Mund und verschluckte die letzte Silbe.

Grinsend stand ich auf und tätschelte ihr die Schulter. „Hakuna Matata, Schwesterherz, kein Problem", flüsterte ich ihr ins Ohr. „Alles in bester Ordnung."

Beschwingt und mit forschen Schritten betrat ich kurz darauf den Prüfungsraum und fand mich drei mir bekannten Professoren gegenüber. Die HBK war damals mit rund 120 Studierenden eine sehr kleine Hochschule und jeder kannte jeden.

Jetzt galt es, sofort die Initiative zu ergreifen und mein Anliegen vorzutragen, bevor einer der Prüfer mir eine Frage stellen konnte.

Denn während Liliane mir von ihrem mehr oder weniger missglückten Versuch berichtet hatte, sich an den Inhalt von „Lohnarbeit und Kapital" zu erinnern, war in mir eine Idee gereift. Wenn die Prüfungskommission schon von ihrer Liste abwich, wie Liliane beklagte, würde sie wahrscheinlich auch nichts dagegen haben, wenn ich das Gleiche tat. Zumindest war es einen Versuch wert.

„Meine Herrn, wie Ihnen sicher bekannt sein dürfte, unterrichte ich seit einiger Zeit freiberuflich am Jugendhof des Landes Hessen …", legte ich also nach der Begrüßung sofort los und schilderte meine dortige Tätigkeit zuerst allgemein. Als ich feststellte, dass sie mich nicht unterbrachen, sondern mir aufmerksam zuhörten, fasste ich Mut und berichtete in aller Ausführlichkeit von unserer Analyse der Inhalte dieser großen Tageszeitung. „Wir versuchen", schloss ich, „den Schülern mit solchen Projekten aufzuzeigen, dass Kunst sich nicht im Malen von schönen Bildern et cetera erschöpft, sondern, wie schon Picasso feststellte, durchaus politisch zu betrachten ist."

Die drei Gesichter, die mir entgegenblickten, hätten auch von einem Pokertisch stammen können. Als ich den Raum verließ, hatte ich keine Ahnung, ob ich die Prüfung bestanden hatte oder durchgefallen war.

Eine Woche später wurden wir im Sekretariat zusammengerufen und jeder erhielt sein Ergebnis in einem Umschlag überreicht.

Liliane konnte es nicht abwarten, bis wir allein waren, riss den Ihren sofort auf ... und wurde kreidebleich im Gesicht, ihre Miene versteinert.

Mit zusammengepressten Lippen hielt sie mir das Blatt hin.

„Gerade noch ausreichend", las ich in schwungvollen Lettern.

Eine Vier minus also.

Nicht sehr berauschend.

„Zeig her!", presste sie zwischen den Zähnen hervor. Ungeduldig riss sie mir meinen Umschlag aus der Hand. Ich hatte ihr nach der Prüfung berichtet, was ich während dieser vorgetragen hatte und sie hatte erhebliche Zweifel angemeldet, ob ich mit diesem Larifari, wie sie es nannte, durchkommen würde.

Fahrig riss sie den Umschlag auf.

Zog ein Blatt heraus.

„Hervorragend", stand da in ebenfalls schwungvollen Lettern.

Liliane schüttelte verständnislos den Kopf. „Da fehlen mir die Worte", zischte sie. „Da büffelt man sechs Wochen lang, schlägt sich die halben Nächte um die Ohren ... und erntet 'ne miese Vier. Und du" – sie boxte mir die Faust vor die Brust – „laberst denen was vor und kriegst 'ne Eins mit Sternchen. Das soll einer verstehen."

„Tja", grinste ich und nahm sie tröstend in den Arm, „wie steht das noch gleich in der Bibel: *Aber viele, die da sind die Ersten, werden die Letzten, und die Letzten werden die Ersten sein*" (Matthäus 19,30).

# Ein amerikanischer Traum

John Foster Hardings Leben war das Paradebeispiel einer amerikanischen Bilderbuchkarriere nach dem Motto: *vom Tellerwäscher zum Millionär*. Zwar startete er nicht als Tellerwäscher, sondern als Laufbursche einer Bank in New York; dafür wurde er aber auch nicht „nur“ Millionär, sondern Multimillionär. Es sind diese feinen Unterschiede, die das Leben in den USA ausmachen.

John Foster Harding wurde als drittes von insgesamt sieben Kindern, vier Mädchen und drei Jungen, am 15. März 1846 in Watervliet, Albany County, New York, geboren. Sein Vater, ein methodistischer Prediger, war ein strenger, gottesfürchtiger Mann, der sich nicht scheute, auch mal den Gürtel von der Hose zu ziehen, um seine Kinder zu bestrafen; seine Mutter, eine unscheinbare, stille Frau, arbeitete bis kurz vor Johns Geburt als Krankenschwester und widmete sich danach gemeindlicher Arbeit und der Unterstützung ihres Mannes.

Die Familie lebte in ärmlichen Verhältnissen auf einem Hinterhof in Watervliet, direkt neben der alten Lagerhalle mit dem undichten Dach, die als Gottesdienstraum diente. Das Geld reichte meist nur bis zur Mitte des Monats, danach war die Familie auf die Gaben einiger frommer Gemeindemitglieder angewiesen.

John Foster war all die Jahre ein guter Schüler und hätte das Zeug gehabt zu studieren, doch ließen das die Finanzen seiner Familie nicht zu. So verließ er mit vierzehn Jahren die Schule, verdingte sich auf einem Lastkahn, der den Hudson River hinunterfuhr, und landete 1861 in New York. Dort nahm er bei einer Bank an der Wall Street den Job eines Laufburschen an.

John Foster Harding war auch in New York ein guter Schüler und sog alles auf, was er durch seinen Job lernen konnte. Da er gut aussah und einen natürlichen Charme versprühte, fiel es ihm nicht schwer, sich überall Freunde zu machen, auch bei seinen Vorgesetzten, sogar bis hinauf in die höheren Etagen. Als guter Zuhörer und scharfer Beobachter dauerte es nicht lange, bis er genügend Wissen angesammelt hatte, um an den Start einer eigenen Karriere in der Finanzwelt zu denken.

Spätestens seit 1867 Cornelius Vanderbilt die Kontrolle über die *New York Central Railroad* (NYC), die in New York City beheimatete Eisenbahngesellschaft, übernahm, formte sich im Kopf des Einundzwanzigjährigen mehr und mehr der Wunsch, selbst einmal eine Eisenbahngesellschaft zu besitzen. Selbst einmal einer der großen Bosse zu sein, der mit seinen Zügen die Metropolen des Kontinents verband. Fortan beherrschte dieser Wunsch, der im Laufe der Jahre zu einem regelrechten Drang wurde, sein gesamtes Denken.

Da er von seiner Familie kein Startkapital erwarten konnte, gab es nur einen Weg, sein Ziel zu erreichen: Er lebte so bescheiden wie möglich und setzte jeden Cent, den er erübrigen konnte, gewinnbringend ein. Im Laufe der Jahre wuchs das Kapital, das er investieren konnte, zu einer beachtlichen Summe an.

Und letztlich hatte er auch noch das Glück des Tüchtigen. Nach ein paar erfolgreichen Spekulationen an der New Yorker Börse besaß er genügend Kaufkraft, um eine kleine Eisenbahngesellschaft, die kurz vor der Pleite stand, günstig zu erwerben. Und nun kam ihm sein in den letzten sechs Jahren angehäuftes Wissen zugute, denn innerhalb eines knappen Jahres gelang es ihm, die Gesellschaft zu sanieren und zum doppelten Kaufpreis zu veräußern.

Nach diesem Erfolg hatte John Foster Harding sprichwörtlich Blut geleckt. Er hielt Ausschau nach weiteren Eisenbahngesellschaften, die durch Fehlinvestitionen oder schlechtes Management kurz vor dem Bankrott standen. Wurde er fündig, kaufte er sie für wenig Geld, sanierte sie innerhalb von ein, zwei Jahren und verkaufte sie mit gutem Gewinn. Einmal kam es sogar vor, dass er die gleiche Gesellschaft ein zweites Mal kaufte, weil sie vom neuen Besitzer erneut heruntergewirtschaftet worden war.

Dann, 1897, John Foster Harding war inzwischen 51 Jahre alt, war die Erfüllung seines Lebenstraums zum Greifen nah. Dreißig Jahre lang hatte er diesen Traum gehabt. Jetzt endlich schien er sich zu erfüllen. Er hatte im Jahr zuvor geheiratet und da er die Nachricht zuerst gar nicht selbst glauben konnte, bat er seine Frau Mary-Ann mehrmals, ihn in den Arm zu zwicken, um sicherzugehen, dass er nicht immer noch träumte.

Eine der größten Eisenbahngesellschaften der USA, die *Central Union Pacific*, stand vor dem Aus. Schuld daran war zum einen die Wirtschaftskrise, die bereits im Jahr 1893 begonnen hatte und sich bis 1897 hinzog. Sie ging unter dem Namen „Die Panik von 1893“ in die Geschichte ein, was viel über ihr Ausmaß aussagt. Dubiose Finanzierungen im

Eisenbahnsektor, die sogenannte „Eisenbahn-Blase“, führten schließlich zu einem Run auf die Goldbestände des Landes und endeten mit einer Reihe von Bankenpleiten. In einigen Städten kletterte die Arbeitslosigkeit zeitweise weit über die 30-Prozent-Marke.

Zum anderen ließ der ruinöse Wettbewerb der verschiedenen Eisenbahngesellschaften untereinander die Kapitaldecke der *Central Union Pacific* so weit schrumpfen, dass sie ihren Verpflichtungen weder ihrem Personal noch den Gläubigerbanken und ihren Anteilseignern gegenüber nachkommen konnte.

Kein Geringerer als Abraham Lincoln hatte am 1. Juli 1862 mit dem „Pacific Railroad Act“ den Startschuss für den Bau einer Eisenbahnstrecke nach Kalifornien gegeben. Ab 1865 verlegten von Omaha im Bundesstaat Nebraska aus rund 20.000 Arbeiter für die *Union Pacific Railroad* täglich fünf Meilen Schienen in Richtung San Francisco. Gleichzeitig trieb eine andere Eisenbahngesellschaft, die *Central Pacific Railroad*, eine Strecke von dort in Richtung Osten. Am 10. Mai 1869 trafen die beiden am Großen Salzsee in Utah aufeinander und vereinigten sich kurz darauf zur *Central Union Pacific*.

Und diese große Eisenbahngesellschaft stand nun vor dem Aus.

John Foster Harding hatte während seiner Zeit an der Wall Street nicht nur eine Menge nützliches Wissen angehäuft, er hatte auch viele Beziehungen zu einflussreichen Herrschaften aufgebaut.

Dieses Netzwerk kam ihm jetzt zugute.

Denn dadurch wusste er schon ein halbes Jahr im Voraus, und damit lange vor allen anderen möglichen Interessenten, dass die Versteigerung der *Central Union Pacific* am 1. November 1897 erfolgen sollte. Und er erfuhr im Laufe der Monate auch, wer seine Mitbieter sein würden. Obendrein, und das war das Wichtigste, wusste er vier Wochen vor dem Versteigerungstermin, bis zu welchem Maximalbetrag diese Mitbieter gehen würden. Ergo musste er nur ein klein wenig mehr bieten, um sie auszubooten und seinen Traum wahr werden zu lassen.

Das absolute Limit des Meistbietenden lag bei sechzig Millionen Dollar. Schnell überschlug er sein Vermögen, rechnete, kalkulierte, und kam auf die Summe von rund einundsechzig Millionen Dollar.

Damit hatte er die erforderlichen Mittel. Nur leider nicht in bar. Sein gesamtes Vermögen war in Eisenbahngesellschaften, Immobilien und einigen wertvollen Schmuckstücken seiner Frau gebunden.

Was nichts anderes bedeutete, als dass er alles verkaufen musste. Nicht nur seine Eisenbahngesellschaften. Auch sein Haus, das er erst vor einem Jahr anlässlich der Heirat seiner Frau bezogen und das über eine Million Dollar gekostet hatte. Sogar den Schmuck seiner Frau musste er verkaufen. Er hoffte auf ihr Einverständnis und ihre Unterstützung seines Traums.

Noch blieben ihm genau vier Wochen bis zum Termin. Doch die würden nur allzu schnell vergehen. Außerdem musste er die Verkäufe klug anpacken, er wollte sein Vermögen ja nicht verschleudern.

Und wieder kamen ihm nun seine Kontakte zugute. Mit ihrer Hilfe schaffte er es in Kürze, seine sämtlichen Eisenbahngesellschaften gewinnbringend zu verkaufen. Auch für sein Haus bekam er einen angemessenen Preis. Und den Schmuck hinterlegte er bei einem Pfandleiher; wenn alles gut ging, was er hoffte, konnte er ihn später wieder auslösen.

Am Nachmittag des 29. Oktober 1897, einem Freitag, verfügte er über exakt 60,1 Millionen Dollar, die auf seinem Konto bei der *Bank of America* gutgeschrieben waren. Der Betrag müsste reichen, falls, ja falls der bislang Meistbietende nicht im letzten Moment sein Angebot doch noch erhöhte.

*

Am darauffolgenden Montagmorgen um Viertel vor acht betrat John Foster Harding in Begleitung seiner Frau Mary-Ann das Gebäude 125 Worth Street in Manhattan, wo die Versteigerung um Punkt acht Uhr stattfinden sollte. In der Innentasche seines Jacketts trug er einen Scheck über 60,1 Millionen Dollar. Als er die breite Steintreppe zur ersten Etage emporstieg, war er überwältigt von der Vorstellung, dass sich aller Voraussicht nach in wenigen Minuten sein Traum, auf den er dreißig Jahre lang hingearbeitet und für den er unzählige Entbehrungen in Kauf hatte nehmen müssen, erfüllen würde.

Dann war es so weit. Mit Mary-Ann an seiner Seite saß John Foster Harding in der ersten von zwei Stuhlreihen dem etwas erhöhten Pult gegenüber, an das in diesem Moment ein Richter in Robe und Perücke trat und sich um Ruhe heischend räusperte.

Sofort war es mucksmäuschenstill in dem kleinen Raum, in dem außer den drei bietenden Parteien nur besagter Richter und ein Protokollführer anwesend waren. Links hinter Harding in der zweiten Reihe saß Carl T. Miller, ein dubioser Bauunternehmer, der vor Kurzem erst in einen Skandal um Bestechungen und Verschiebungen von Baugeldern über ein Tarnunternehmen verwickelt gewesen war und der maximal fünfzig Millionen Dollar bieten würde. Von ihm hatte er nichts zu befürchten.

Ganz anders dagegen von dem Mann rechts neben ihm, von allen nur „General" genannt. Theodore P. Huntington, ein ehemaliger Offizier der Südstaatenarmee im Sezessionskrieg von 1861 bis 1865, hatte sich nach dem Krieg ebenso wie Harding erfolgreich auf die Sanierung von in Schieflage geratenen Eisenbahngesellschaften spezialisiert und dadurch ein enormes Vermögen angehäuft. Seit er kurz nach Harding eingetroffen war, hatte er ihn wissend von der Seite angegrient.

Besorgt fragte sich Harding nun, ob das nicht doch bedeutete, dass Huntington sein Angebot erhöhen würde?

„Wir beginnen bei vierzig Millionen Dollar", eröffnete der Richter die Auktion, nachdem er die Parteien begrüßt und die Verfahrensregeln bekannt gegeben hatte. „Wer bietet mehr?"

Millers Hand schoss hoch. „Fünfundvierzig."

Der Richter sah in die Runde. „Bietet jemand mehr?"

Der General hob die Hand. „Siebenundvierzig."

„Und?"

Millers Hand schoss in die Höhe. „Fünfzig."

Der Richter setzte mit dem Hammer an. „Fünfzig zum Ersten …"

„Zweiundfünfzig", sagte der General.

„Ich bin raus, verdammt", murmelte Miller zerknirscht und schlug seine Faust in die Hand.

Der Richter sah Harding an. „Und Sie?"

„Fünfundfünfzig", antwortete der.

„Sechsundfünfzig", kam es vom General.

„Siebenundfünfzig."

„Achtundfünfzig."

„Neunundfünfzig."

„Mein letztes Gebot: sechzig Millionen."

Der Richter, dessen Kopf sich seit „fünfundfünfzig" nur noch schweigend zwischen Harding und dem General hin und her gedreht hatte, blieb nun bei Harding hängen. „Und Sie, Sir? Bieten Sie mehr?"

„Ja, Euer Ehren", antwortete Harding und hoffte, dass niemand das Zittern seiner Knie bemerkte. „Sechzig Millionen, einhundertausend Dollar." Aus dem Augenwinkel schielte er zum General.

Der senkte resigniert den Kopf. Dann hob er die Hände und murmelte kaum verständlich: „Ich bin ebenfalls raus."

Der Richter ergriff den Hammer. „60,1 Millionen zum Ersten, zum Zweiten, und …" Er sah noch einmal in die Runde. „60,1 Millionen zum …" – der Hammer knallte aufs Pult – „Dritten! Herzlichen Glückwunsch, Mr Harding, die *Central Union Pacific* gehört Ihnen. Haben Sie die Anzahlung in Höhe von zehn Prozent dabei?"

Mit einem lang gezogenen „Pfff!" entwich Harding ein Luftstoß. Er hatte gar nicht bemerkt, dass er während der letzten Minute den Atem angehalten hatte. Erst allmählich dämmerte ihm, dass soeben sein Lebenstraum wahr geworden war.

Eine ganze Minute lang saß er da, die Augen geschlossen, den Kopf in den Händen vergraben und vergegenwärtigte sich, dass er ab sofort Besitzer einer der größten Eisenbahngesellschaften der USA war.

Dann warf er seine Schultern zurück, stand auf, erledigte die Formalitäten und verließ mit seiner Frau am Arm den Raum.

Als sie die breite Steintreppe hinabgingen, begann Mary-Ann plötzlich zu kichern.

„Was ist so amüsant, meine Liebe?", wollte Harding lächelnd von seiner Frau wissen.

Sie blickte zu ihm auf. „Ach, du erinnerst mich gerade an einen anderen Kaufmann. Und zwar aus der Bibel."

Harding blieb stehen und sah sie stirnrunzelnd an. „Kaufmann? In der Bibel? Ich verstehe nicht, wen meinst du?"

„Na, du kennst doch das Gleichnis von dem Kaufmann und der Perle, oder?"

„Kaufmann? Perle?" Er schüttelte den Kopf. „Sagt mir jetzt nichts."

„John Foster Harding", entgegnete Mary-Ann und blickte gespielt streng zu ihm hoch. „Du solltest wirklich mal lieber die Bibel studieren, anstatt immer nur die Fahrpläne deiner Eisenbahnen. Hör zu: Matthäus berichtet in 13,45–46 von einem Kaufmann, der schöne Perlen suchte. Und als er eine besonders kostbare Perle gefunden hatte, verkaufte er alles, was er besaß, und kaufte diese Eine."

„Und du meinst …?"

„Ja, im Prinzip hast du genau dasselbe getan."

„Hm. Apropos Perle. Da sagst du was … Ich sollte die *Central Union Pacific* schnellstens sanieren, damit wir deinen Schmuck so bald wie möglich wieder auslösen können."

Mary-Ann lachte. „John Foster Harding, da hätte ich nun wirklich nichts dagegen."

# Dank

Ich danke dem Team von Gerth Medien für die Unterstützung beim Zustandekommen dieses Buches. Besonders erwähnen möchte ich meinen Lektor, Herrn Stefan Rüth, der es immer wieder verstanden hat, Worte zu finden, die noch präziser das ausdrückten, was ich eigentlich sagen wollte und der meine bisweilen ausufernden Gedanken auf den Punkt brachte. Ich freue mich schon jetzt auf unser nächstes Projekt.

Mein Dank gilt auch meinen Leserinnen und Lesern, die das Wagnis eingegangen sind, ein Buch von einem ihnen unbekannten Autor, zumindest auf dem Gebiet der christlichen Literatur, zu kaufen und ich hoffe, ihren Mut nicht enttäuscht zu haben.

MIX
Papier aus verantwortungsvollen Quellen
FSC® C014496





1. Auflage 2018
Bestell-Nr. 817522
ISBN 978-3-95734-522-6

Umschlagfoto: Andrus Ciprian/Shutterstock
Umschlaggestaltung: Anna-Lisa Watz
Satz und Gestaltung: Apel Verlagsservice, Schneverdingen
Druck und Verarbeitung: GGP Media GmbH, Pößneck
Printed in Germany

www.gerth.de